文句の付けようがないラブコメ

2

鈴木大輔
illust 肋兵器

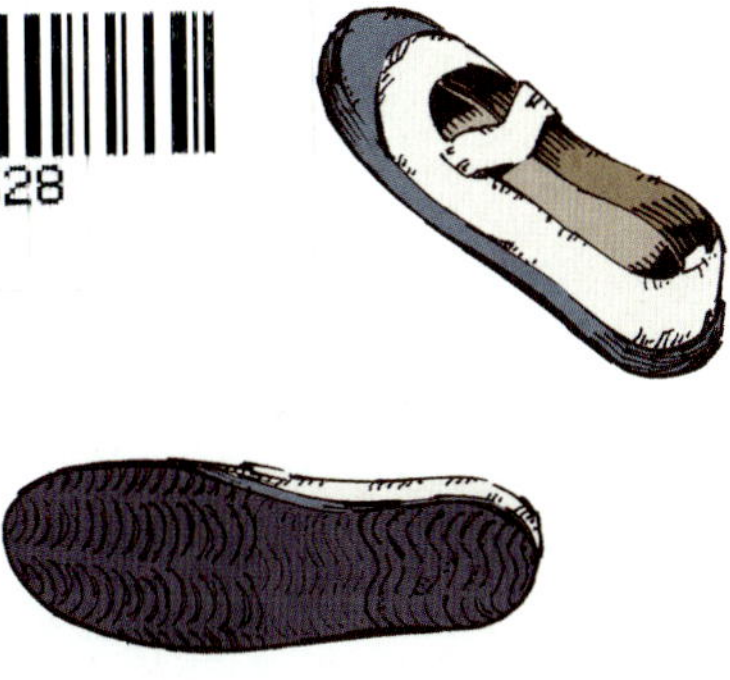

「んじゃあげるよ」
と言って、優樹は花輪を世界の頭にのせた。
「…………？」
世界はきょとんとしている。

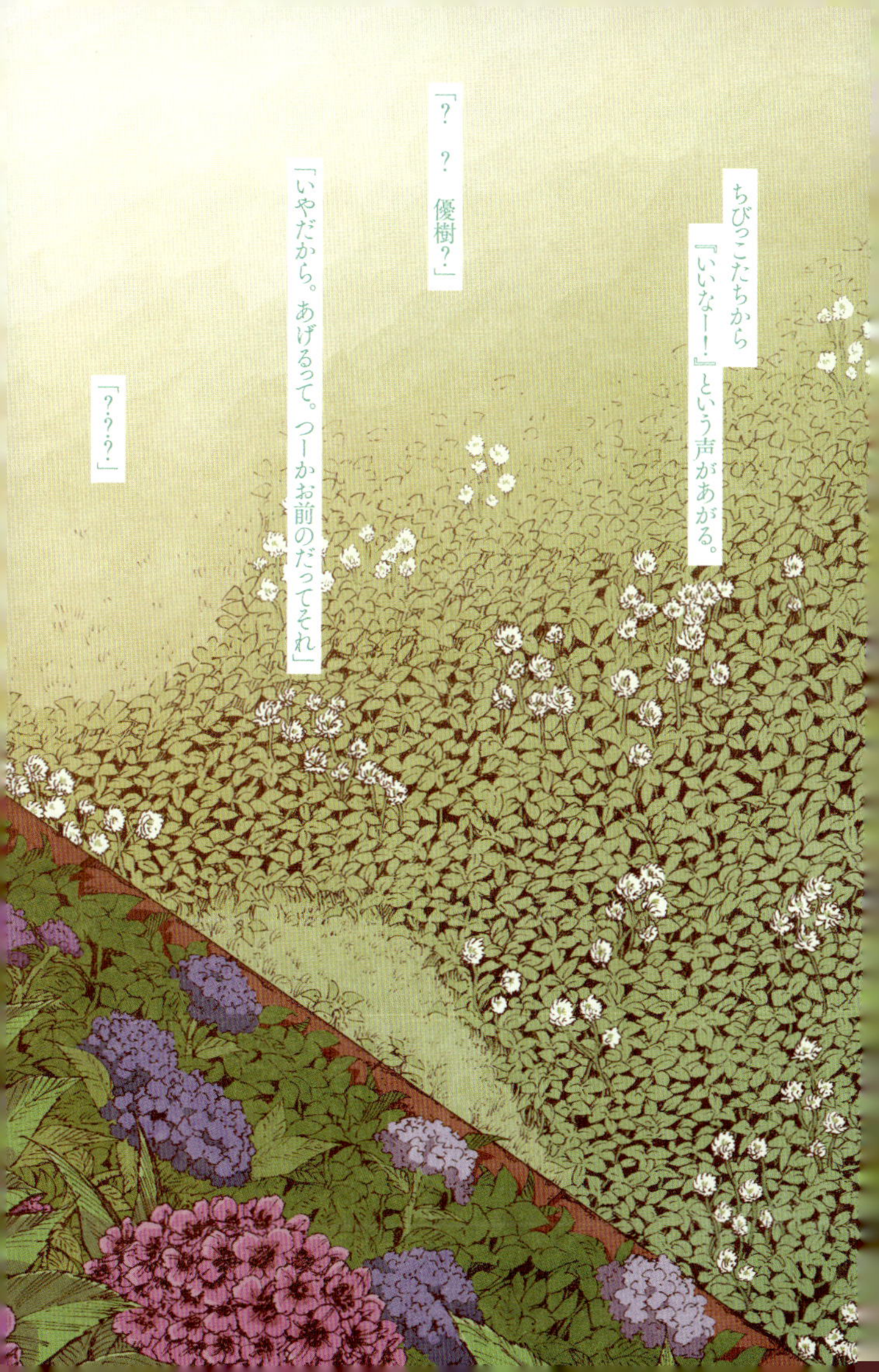
ちびっこたちから『いいなー!』という声があがる。
「? ? 優樹?」
「いやだから。あげるって。つーかお前のだってそれ」
「???」

Contents

第一章 ―――― 008

第二章 ―――― 036

第三章 ―――― 060

第四章 ―――― 080

第五章 ―――― 118

第六章 ―――― 154

第七章 ―――― 184

第八章 ―――― 216

presented by Daisuke Suzuki

ダッシュエックス文庫

文句の付けようがないラブコメ２

鈴木大輔

——かくして世界は作り替えられました。

第一章

三月が終《お》わり、春真《ま》っ盛《さか》り。

新年度であり、新学期である。

†

「いや〜。それにしてもスゴかったよね〜」

その日の放課後《ほうかご》。

私立叢雲学園高等部《しりつむらくもがくえんこうとうぶ》、三年A組の教室にて。

プリントを束《たば》ねる作業《さぎょう》をしながら、小岩井来海《こいわいくるみ》は鼻息荒《はないきあら》く語っていた。

「神鳴沢世界《かなるざわせかい》さん。わたしあんな人はじめて見たよ」

「……ん。だな」

プリントの角をそろえながら、桐島優樹《きりしまゆうき》はてきとうに返事《へんじ》をする。

「なんといっても見た目がスゴいよね！　髪《かみ》は銀《ぎん》色だし目は赤色だし。しかもすっごいカワイイし。背《せ》はちっちゃいのに胸《むね》はおっきいし」

「まあ。そうかな」

「それにぜったいお嬢《じょう》さまだよねー彼女《かのじょ》」

うっとりした目で来海は想像《そうぞう》する。

「なんていうかさー、ただ立ってるだけでも雰囲気《ふんいき》があるっていうか。おどおどしてるんだけど凛《りん》としてるっていうか。いやもーね、宝石《ほうせき》ですよ宝石。彼女はジュエルですよ。ダイヤモンドですよ」

「そうかー。まあそうだよなー」

「はふぅ……ほんとステキだよね彼女って」

「さあなー。どうかなー」

「んもー。興味《きょうみ》なさそうだねえ」

ふくれっ面《つら》をする来海。

ジト目で指《ゆび》をさしながら、

「もうちょっと話に乗《の》ってきてよ。わたしら中学校からの友だちでしょ？　クラスだっていっしょだし学級委員同士《がっきゅういいんどうし》でしょ？」

「まあそうだけど」

「それとも何ですか？　優樹くんもお坊《ぼっ》ちゃま育《そだ》ちだから？　あんまりお嬢さまには興味がないってことですかねえ？　ああん？　これだからお金持ちは」

「別にそういうわけじゃなくて」

苦笑《にがわら》いする優樹。

彼《かれ》が転校生に興味を持たないのには理由《りゆう》がある。

「だってさー。あの子って、転校してきた初日しか学校来てないじゃん」

そうなのだ。

私立叢雲学園の高等部を大いに揺《ゆ》るがした、神鳴沢世界なる転校生は。最初《さいしょ》の日以来《いらい》ずっと顔を見せていないのである。

「正直、学校に来ない人間のことにそんな興味持てないっていうか。そりゃすっげえ綺麗《きれい》な子だったし、最初に見た時はマジびっくりしたけど」

「まあねー」

来海も苦笑いして、

「わたしもさ、見てる分には楽《たの》しいからいいけど。実際《じっさい》に付き合ったり話したりするのはちょっと考《かんが》えちゃうよねえ。だって浮《う》いてるもん彼女」

そうなのだ。

宝石のようにきれいな転校生ではあったけど、上手《うま》く溶《と》け込《こ》めているかといえば話は別。むしろ明らかに溶け込めていなかった。

なにしろ転校初日、彼女に話しかける人間はひとりもいなかったのである。

異次元《いじげん》の存在感《そんざいかん》がある少女に、クラスメイトの誰《だれ》も接《せつ》しようとしなかったのだ。

転校生がやってくるということで、みんな大いに盛り上がっていたけど。あまりにも想定外《そうていがい》のタイプがやってきたものだから、いささか扱《あつか》いかねたというか。

「しかもすぐ帰っちゃったしねー」

来海はくちびるを尖《とが》らせて、

「体調《たいちょう》が悪《わる》いとか何とか言って、ろくに授業《じゅぎょう》も受《う》けずにさ。あれじゃあこっちも話しかけるタイミングがないよ」

「まあなー。ただでさえ近寄《ちかよ》りがたいもんなー」

「キレイすぎてもだめなのよね女って。ほんとつらいところですわー。わたしに彼氏が出来ないのも当然《とうぜん》ですわー」

「……なんでこっちをチラチラ見るわけ？」

「むふふーん。わかってるくせにぃ」

さあわたしを褒《ほ》めなさい、という顔の来海をスルーして。

優樹は転校生のことを考えた。

神鳴沢世界。

あまりにも美しくて世間離《せけんばな》れした存在。

のんべんだらりとした日常《にちじょう》にいきなり現れた特異点《とくいてん》。

浮いてしまうのも無理《むり》はないと思う。

優樹とてひとことも交わさなかったし、接点はまだ何もないのだけど——あの転校生は異端《いたん》すぎる。

ちょっと人間とは思えないくらいに。

†

「——ねえねえお兄さま。クイズをしませんか」

その日の夜、桐島家の庭園《ていえん》で。

食後のお茶をたしなみながら妹の春子《はるこ》が提案《ていあん》してきた。

「クイズ？」

優樹は首をかしげて、

「なんでまたいきなり？」

「だいいちもーん」

妹は強引《ごういん》だった。

じゃかじゃかじゃーん、と口で言いながら、

「女の子がこの世でいちばん嫌《きら》いなことって、なんでしょーかっ？」

「いやそんなこと言われても」

「なんでしょお――――――かっ？？」

強引だった。

テーブルの向《む》かい側《がわ》から身《み》を乗り出すようにして、春子は繰《く》り返《かえ》してくる。

顔は笑ってるけど目は笑ってない。

「えーっと」

すばやく頭を切りかえる。

ここは従《したが》っておくのが吉《きち》。

「そうだな、たとえば中年のおじさんの体臭《たいしゅう》とか」

「ぶぶー。ちがいます」

「中年のおじさんと満員電車《まんいんでんしゃ》に乗ること」

「ぶぶー。ちがいます」

「中年のおじさんの脂《あぶら》ぎったハゲ頭」

「そろそろ中年のおじさんから離れてください。失礼ですよ」

「と言われてもなあ。わからんものはわからん」

「ちなみにもう一回まちがえたら婚姻届《こんいんとどけ》にサインしていただきますから♥」

「いやいや。お前まだ小学生だろ？　俺《おれ》も高校生だし」

「そういう細かいことはどうでもいいんです。さあカウントダウンを始めますよ。じゅーう、きゅーう、はーち、なーな……」

無情《むじょう》なカウントダウン。

首を振って優樹は両手《りょうて》を挙《あ》げた。

「うーんダメだ。わからん。ギブアップ」

「はい残念《ざんねん》でしたー！　それではさっそく婚姻届にサインを」

「待《ま》て。せめて正解《せいかい》を言え」

「往生際《おうじょうぎわ》が悪いですねえお兄さま。どれだけじたばたしようと、明日には新婚旅行《しんこんりょこう》に旅《たび》立つことになるんですよ？　兄妹《きょうだい》でも合法的《ごうほうてき》に結婚《けっこん》できる国へとね。むふふ♥」

「そんな国があってたまるか。いーから早く」

ジト目で促《うなが》す。

春子は「ふむん」と鼻を鳴《な》らし、

「では言わせていただきます。正解はですね――」

びしっ！

兄を指さし、目を三角にして、

「せっかくふたりだけの時間を過《す》ごしている時に、愛《あい》するお兄さまが他《ほか》の女のことを考えることです！　こんなに腹《はら》の立つことは他にありません！　きぃ悔《く》しい！」

「それってお前の個人的《こじんてき》な話じゃないの？　世間一般《いっぱん》の話じゃなくて」

「まったくもって許《ゆる》されることじゃありませんよね？　かわいい妹との仲《なか》むつまじいティータイムの最中《さいちゅう》に、お兄さまは明らかに上《うわ》の空でした。わたしにはわかります。お兄さまの頭の中にはわたし以外の女がいました」

「そんなに上《うわ》の空だったつもりはないんだけどな」

反論《はんろん》しつつも舌《した》を巻《ま》かざるを得《え》ない。

この妹のカンの鋭《するど》さは野生動物《どうぶつ》なみだ。彼女以外の女性のことを考えていたのはまったくもって事実《じじつ》である。

「で？　誰のことを考えていたんです？」

身を乗り出す春子。

嘘《うそ》やごまかしは許さない、という目をしている。

優樹は話して聞かせた。

銀髪《ぱつ》の転校生。その世間離れした空気。そして初日以来、学校に来てないこと。

「ふむ」

聞き終えて妹は一息《ひといき》ついた。

両手で包《つつ》み込んだカップに視線《しせん》を落とし、しばらく考えて、

「お兄さま」

「うん」

「真面目《まじめ》な話をしてもいいですか？」

「どうぞ」

「その人には関《かか》わらない方がいいです」

ずばり妹は言った。

優樹は笑って、

「言うと思った。まあでもさ、相手《あいて》があの転校生じゃなかったとしてもお前は同じことを言うだろうしなー」

「当然です。お兄さまに近づく虫は一匹《いっぴき》残らず排除《はいじょ》するべきですから。たとえば小岩井ナントカさんみたいな」

「今の発言は聞かなかったことにしよう」

「そういう個人的な事情《じじょう》は別にしても」

妹は真面目な顔で、

「何となくですが、あまりいい感じがしませんその人。距離《きょり》を置くべきです」

「なんでそう思う？」

「カンです」

「そっか。お前のカンは当たるからなあ」

吐息《といき》して椅子《いす》の背にもたれかかる。

春子がさらに念《ねん》を押す。

「興味本位で近づかないのがよろしいかと。好奇心《こうきしん》が殺《ころ》すのは猫《ねこ》だけではありません」

「だな。気をつけるよ」

「得てして美しいモノほど危《あぶ》ないですからね。バラに棘《とげ》があるように」

「まったくだな」

「ちなみにわたしも棘だらけです」

「それはお前も美人だってことを仄《ほの》めかしてるのか？」

「まあ心配《しんぱい》するほどではないかもしれませんけどね。春子のように美しくて可愛《かわ》いくて棘のない奇跡《きせき》的なバラも、たまには存在するわけですし」

「一匹残らず虫を排除する、とか言ってたやつに棘がないとは思えんのだが」

「しかもそのバラはお兄さまひとすじなんですよ？　早く結婚しましょうよ結婚」

聞《き》き流《なが》すことにした。

優樹は紅茶《こうちゃ》をすする。

春子はニコニコそれを見守《まも》る。

「お兄さま」

「ん？」

「お兄さまは今、幸《しあわ》せですか？」

「……んん？」

いきなりの質問《しつもん》に面食《めんく》らった。

春子はニコニコ返事を待っている。

まだ少し肌寒《はださむ》い、春先の庭園。

天を仰《あお》げば東京《とうきょう》の夜空にもいくつか星が瞬《またた》いている。

「そりゃ幸せだろ。文句《もんく》なしに」

恵《めぐ》まれてるのだ実際。

恵まれすぎていると言ってもいい。

生まれてから今日まで、なにひとつ不自由《ふじゆう》なく育ってきた。

世界的な製薬《せいやく》会社の御曹司《おんぞうし》に生まれ、家庭環境《かていかんきょう》や親族関係《しんぞくかんけい》も円満《えんまん》。人間関係も問題《もんだい》なく、五体満足《まんぞく》で今日まで生きることができた。

これから先もきっとそうだろう。

幸せじゃないはずがない。

「……で？」

妹に向き直る。

疑念《ぎねん》を笑顔《えがお》のオブラートで包んで、

「なんでそんなことを訊《き》くわけ？」

「いいえ別に。お兄さまが幸せでしたら、それで」

ニコニコ笑って妹はうなずいた。

心から笑ってはいるけど、ここではないどこか遠くを見据《す》えているような——彼女は時おりこういう目をすることがある。

「まあなんというか」

カップに残ったお茶を飲《の》み干《ほ》しながら、優樹はうなずいてみせる。

「アドバイスありがとな。なるべく覚《おぼ》えておくよ」

「はい。ぜひそうしてください」

妹はふたたび笑った。

思わず頭をなでてやりたくなるような、百点満点の笑顔だった。

彼女が何を考えて『神鳴沢世界に関わるな』と言っているのかはわからない。でもできる限《かぎ》り、彼女の言うことは聞いてやらねばと思うのだった。

桐島春子は桐島優樹の大事な妹なのだから。

†

そして次の日。

優樹は神鳴沢世界の家の前に立っていた。

「すまんなあ妹よ……」

「え？　何の話？」

「うんいや。こっちの話」

首をかしげる来海に答えてから、あらためて神鳴沢の屋敷《やしき》に向き直る。

総武線沿《そうぶせんぞ》いにあるここらの地区は、特定保護地域《とくていほごちいき》にも指定《してい》され、開発《かいはつ》の波《なみ》があまり及《およ》んでおらず、戦前《せんぜん》に建《た》てられた洋館《ようかん》があちこちに残《のこ》っている。神鳴沢世界の邸宅《ていたく》もそのうちのひとつだ。

彼らが今日ここへやってきたのは他でもない。担任《たんにん》の教師《きょうし》に頼《たの》まれたのである。『おーい学級委員のおふたりさん。すまんがプリントを届けてやってくれないか』と。

「ところで小岩井さん」

「うん？」

「この家ってインターフォンとかないんだけど」

「そうだねえ。古いお屋敷だからねえ」

「表札《ひょうさつ》もないんだけど」

「そういうお家《うち》なんだろうねえ」

優樹は左右を見回した。

静《しず》かな土地である。

車も走ってない。電車の音も聞こえない。そもそも人の気配《けはい》が少ない。

どこもかしこも値段《ねだん》の高そうなお屋敷だらけだし、なんとなく音を立てることが憚《はばか》られる。

そんな感じ。

「実《じつ》はさ小岩井さん」

「なあに?」

「妹に言われてるんだ。転校生には関わるなってさ」

「相手が女の子だったら誰にでもそう言うでしょ、あの妹さんは」

「でもなー。やっぱ俺もお兄ちゃんとしてさ、なるべくあいつの言うことは聞いてやりたいっていうか」

「だったらわたしとも友だち付《づ》き合《あ》いできなくなるよね」

ぐうの音《ね》も出ない。

そろそろ覚悟《かくご》を決めなきゃいけないようだ。

「あーあー。ごほんごほん」

せき払《ばら》いをする。

なんとなく周囲《しゅうい》を確認《かくにん》。

男ならさっさといけコラー、と視線で語る来海にせっつかれ、息を吸《す》い込んで、

「何かご用ですか?」

息が止まった。

あわてて後ろを振り返《かえ》る。

いつのまにかメイドさんがいた。

なんか本式っぽいメイド服《ふく》を着《き》た、紛《まご》う方《かた》なきメイドさんである。

「おチヨ、と申《もう》します」

メイドさんは一礼して、

「本日のご用向きは？」

ふんわり微笑《ほほえ》んだ。

物腰《ものごし》のやわらかい美人さんであった。

同時に油断《ゆだん》ならなさそうな人だった。気配の消し方が手慣《な》れすぎている。こういう手合いにはたぶんケンカしても勝《か》てない。

「えーっとですね」

固《かた》まっている優樹に代わって来海が説明《せつめい》する。

彼らが神鳴沢世界のクラスメイトであること。

担任に頼まれてプリントを届けにきたこと。

「なるほど」

おチヨさんは納得《なっとく》した様子《ようす》で、

「事情は理解《りかい》いたしました。我《わ》が主《あるじ》をお気遣《きづか》いいただきありがとうございます」

「ああいえ。こちらこそ」

なんとなく恐縮《きょうしゅく》してしまう優樹。

「世界さんは」

一方の来海は堂々《どうどう》とした様子で、

「今はご在宅《ざいたく》でしょうか？　できればひとことごあいさつできればと思うんですが」

「ふむ」

メイドさんは少し間を置《お》いた。

「小岩井来海様、それに桐島優樹様とおっしゃいましたか。本日はわざわざご足労《そくろう》いただき、まことにありがとうございます。しかしながら――」

ふたりを順番《じゅんばん》に見て。

それからメイドさんは微笑みながら、

「我が主と関わるからには、それなりのお覚悟をいただかねばなりませんが。それでもよろしゅうございますか」

「…………」

「…………」

顔を見合わせる優樹と来海。

「ええと」優樹は手を挙《あ》げて、「覚悟って何の？」

「申し上げられません」

「はあ」

もう一度来海と顔を見合わせる。

それからちょっと考えて、

「ええとですねおチヨさん」

「はい」

「関わるからには、とか仰《おっしゃ》いますけど。神鳴沢世界さんはウチのクラスに転校してきたわけですし。関わらないわけにはいかないっていうか、今日ここに来てる時点でもう関わってるというか」

「はい」

「もし仮《かり》に、世界さんと関わると大変なことになる、っていうなら。彼女が俺らの学校に転校してきた時点で問題あるんじゃないかと」

「………………」

メイドさんは笑顔のまま無言である。

ちょっと言い過ぎただろうか？　と心配になったけど、

「――ですね」

メイドさんはニッコリ頷《うなず》いた。

それから深々《ふかぶか》とお辞儀《じぎ》して、

「まったくもって仰るとおりです。失礼いたしました」

「あ、いえ。こちらこそ」

「では伝えるべきことは伝えた、ということで」

門を開《あ》けながら来客《らいきゃく》を招《まね》き入れる。

「我が主のもとまでご案内《あんない》いたします。どうぞこちらへ」

「あ、はい。ども」

ふたたび来海と顔を見合わせる。

（……どうしたもんかね？）

（いやいやそう言われましても）

短《みじか》い時間のアイコンタクト。

出た結論《けつろん》は〝行くしかない〟である。

「どうぞこちらへ」

重《かさ》ねてうながされ、優樹と来海は屋敷へ足を踏《ふ》み入れた。

よく手入れされた庭。

さまざまな色の春の花々。

玄関《げんかん》を開ける。

昼間だというのに廊下《ろうか》は薄暗《うすぐら》い。古い家によくあるにおいがする。

一歩踏み出すたびに床板《ゆかいた》がみしり、みしりと鳴る。

「…………」

「…………」

優樹は無言《むごん》だった。

来海も無言である。

優樹には来海の気持ちが手に取るようにわかる。なぜなら彼もまた、彼女と同じ気持ちだったからだ。

（なんかヤバげな感じ……？）

まるで泥舟《どろぶね》に乗って大海原《おおうなばら》へこぎ出してしまった気分。

胸騒《むなさわ》ぎがする。

やたらと喉《のど》が渇《かわ》く。

「どうぞ。我が主はこちらに」
何キロも歩かされたように思えたが、実際には二十メートルかそこらだったろう。
分厚《ぶあつ》そうな樫《かし》の扉《とびら》が目の前に立ちふさがった。
「どうぞ。ご遠慮《えんりょ》なく」
重ねてメイドさんが促してくる。
中に入れ、ということなのだろうが。二の足を踏む感は否《いな》めない。
(……どうしたもんかね？)
(いやいやそう言われましても)
ふたたびのアイコンタクト。
来海もこの雰囲気に呑《の》まれているのだろう。かなり尻込《しりご》みしているご様子。
(どうする？　帰っちまうか？)
(ここで引き返すのはナシでしょーさすがに。男ならさっさといけコラー)
肘《ひじ》でつついてくる。
優樹は覚悟を決めた。
この先に何が待っているかわからないが。まさか命まで取られることはあるまい。
生唾《なまつば》を飲み下《くだ》す。

ドアノブに手を掛《か》ける。

扉がギギギと音を立てて開く。

扉の向こうの景色《けしき》があらわになる。


そうして優樹が見たものは。

お風呂《ふろ》上がりで一糸《いっし》まとわぬ姿《すがた》の、銀髪の少女だった。


「…………」

「…………」

優樹も来海もポカンと口を開ける。

さんざん思わせぶりなことを言われたところへ、まったく想定していなかったこの事態《じたい》である。思考《しこう》も反応《はんのう》も追《お》いつかない。

まさかの展開《てんかい》だった。

分厚そうな樫の扉の向こうは、お風呂場で、脱衣《だつい》場で、絶賛《ぜっさん》使用中だったのだ。

「――ん？　おチヨか？」

銀髪少女が口を開いた。全裸《ぜんら》で。

まぶたを閉じ、バスタオルで髪をわしわしやりながら、

「入って来るならノックぐらいはするものだぞ？　親しき仲にも礼儀《れいぎ》ありだ」

「はい。申し訳ございません」

メイドさんは深々と頭を下げる。

銀髪少女——神鳴沢世界はその姿が見えていない様子で、

「まあよい。ところでおチヨ、わたしの下着をどこへやったのだ？　今日はあれを穿《は》くと決めていたのだが」

「水色のストライプの下着、でございますか？」

「うむそれだ」

「あれはまだお洗濯《せんたく》したばかりですので」

「むう、そうか。ならば仕方《しかた》ないな。今日はクマさんのプリントがしてある下着でがまんするとしよう」

「それでしたら目の前に畳《たた》んで置いてありますよ」

「貴殿《きでん》も人が悪いな。わたしの視力があまりよくないことは知っているだろう？　お風呂上がりだからメガネもしてないし、ぜんぜん見えな——」

そこで動きが止まった。

ちょうど洗面台《せんめんだい》の前に置いてあったメガネを探《さが》し当《あ》て、装着《そうちゃく》したところだった。
神鳴沢世界は視線をおチヨさんに向けている。
正確には、彼女が引き連《つ》れているふたりの人物に向けている。
「…………」
メガネを取ってごしごし目をこする。
もう一度メガネをかける。
見る間に顔が赤く染《そ》まる。
哀《あわ》れな悲鳴《ひめい》が屋敷中に響《ひび》き渡《わた》った。

第二章

「――ほほーう。興味深《きょうみぶか》い話ですね？」

桐島家《きりしまけ》の庭園《ていえん》、夕食後のティータイムにて。

桐島春子《はるこ》は何度も頷《うなず》いた。

それからニッコリ笑《わら》って、

「つまりそれは、わたし以外《いがい》の女性の裸《はだか》を見たと。そういうことですよねお兄さま？」

「いや問題《もんだい》はそこじゃなくてだな」

「いいえ問題はそこです」

妹はぴしゃりとさえぎって、

「これは明らかにマナー違反《いはん》です。浮気《うわき》と判断《はんだん》して差し支《つか》えないかと」

「差し支えあるよ。そもそも俺《おれ》は誰《だれ》とも付《つ》き合ってない。もちろん春子、お前とも付き合っちゃいない。お前は俺の妹だからな」

「裸でしたらいつでもわたしが見せてあげるのに」

「妹の裸をみて何をどうするってんだ」

「何をって、もちろんわたしとナニをするに決《き》まってるじゃないですか♥」

「やめんかそういう発言は。おっさんくさい」

紅茶《こうちゃ》をすすりながら優樹《ゆうき》は顔をしかめる。

先日の一件《いっけん》、やはり妹に話したのはまずかったろうか？

（けっきょくあのあと引きこもっちまったんだよな……）

神鳴沢《かなるざわ》の屋敷《やしき》での一件を思い出す。

おチヨさんに案内《あんない》され、銀髪《ぎんぱつ》の転校生と二度目の対面《たいめん》を果《は》たしたはいいものの。あられもない姿《すがた》を見られたショックで彼女《かのじょ》は部屋《へや》に閉じこもってしまったのである。

あいさつを交《か》わすヒマもなかった。

屋敷を辞《じ》する際《さい》、プリントを受け取ったメイドさんは『ぜひまたお立ち寄《よ》りくださいませ』と言ってたけど。その言葉《ことば》を額面《がくめん》どおり受け取っていいものかどうか。

「で？」

使用人に紅茶のおかわりを命じてから、春子が問《と》う。

「わざわざそんな不愉快《ふゆかい》な話を聞かせるからには、わたしに何か相談《そうだん》したいことがあるのでしょう？」

「うんまあ。そうなんだな」

その一件から一週間が経《た》っている。

が、当然《とうぜん》というかなんというか、転校生は学校に来ていない。

今回の件は優樹のせいじゃない（はずだ。断《だん》じて）にしても、ちょっと責任《せきにん》を感《かん》じなくもないわけで。なおかつ彼《かれ》には学級委員《がっきゅういいん》という立場もある。できれば神鳴沢世界《せかい》がまた登校してきてくれるよう、いろいろ働《はたら》きかけたいのだが、

「なんかいい方法《ほうほう》ないかな？」

「ふむ。まあ他《ほか》ならぬお兄さまの頼《たの》みですし。わたしとしても考《かんが》えるのにやぶさかではありませんが」

紅茶の香《かお》りを確《たし》かめつつ、妹はジト目で、

「なにせお兄さまは浮気した上に、わたしの忠告《ちゅうこく》を無視《むし》して転校生とやらに会いに行ったんですよねえ？　そんな人にタダで手を貸すわけには――」

「今夜は俺の部屋で寝《ね》ていいぞ。同じ部屋の同じベッドで」

「取り引き成立ですね！　おまかせください、春子がまたたく間にいいアイデアを考えて差し上げます！」

たちまち笑顔《えがお》になる妹だった。

小学生とは思えない大人びた美貌《びぼう》の彼女が、こういう時ばかりは歳《とし》それなりの少女に見える。

「とはいえ」

春子は思案《しあん》顔で、

「いまアドバイスできることはあまりないですけどね。とりあえず転校生との接触《せっしょく》は続《つづ》けるこ

と。まずはそこからでしょう」

そして春子は分析《ぶんせき》を始めた。

いわく、転校生はおそらく世間知らずである。

引きこもりで、外との接触はほとんど経験《けいけん》がなく、銀髪に赤い瞳《ひとみ》という自分の見た目にコンプレックスを抱《いだ》いている。裕福《ゆうふく》な家に生まれ住《す》んでいることを彼女自身はプラスに考えておらず、その意味《いみ》で家庭環境《かていかんきょう》はあまり恵《めぐ》まれてなさそうだ。

しかしながら言動《げんどう》の端々《はしばし》から、素直《すなお》そうな性格《せいかく》も見え隠《かく》れする。

加えて、少なくとも転校初日は姿を見せたことからして、学校へ通う意欲、ないしは他者とコミュニケーションを取ろうとする意欲はあるはず。

「わたしが思うに」

人差し指《ゆび》を立てて、

「その転校生を攻略《こうりゃく》する難易度《なんいど》は、人に慣《な》れていない子猫程度《こねこていど》のものだと思われます。適当《てきとう》に餌《え》付けしていればそのうち何とかなるでしょう」

「そうかな？　まあそのくらいならありがたいけど」

「春子の分析は間違《まちが》っていそうですか？」

「いや」

むしろ合っている。

優樹から見た転校生の印象《いんしょう》と、ほとんどズレてない。

「一応わたしの方で調《しら》べておきます。その転校生のこと。なんとなく気になりますし」

「ん、そうしてくれると助《たす》かる」

「ですがお兄さま。くれぐれも深入りはしないでくださいよ？　お兄さまにはわたしという、将来《しょうらい》を約束《やくそく》した相手《あいて》がいるんですから」

「そんな約束をした覚《おぼ》えはない」

「でもお兄さまの部屋の、お兄さまのベッドでいっしょに寝ることは約束しましたからね！　さあこうしてはいられません。今日はパジャマパーティですよっ。お茶とお菓子《かし》をたくさん用意させましょう。今夜は朝まで寝かせませんせん！」

「いやいや。寝るために俺の部屋に来るんだからなお前は？」

†

翌日《よくじつ》。

優樹はふたたび神鳴沢の屋敷を訪《おとず》れた。

「ようこそ優樹様」

メイドのおチヨさんは門の前で迎《むか》えてくれた。

まるで来客《らいきゃく》があるのを予想《よそう》していたみたいに。

「お待《ま》ちいたしておりました。どうぞ中へ」

「あ、ども。すいません」

逆《ぎゃく》に優樹は何も予想していなかった。

丁寧《ていねい》にお出迎《でむか》えされたことに面食《めんく》らいながら、

「ええと。今日はアポなしで来ちゃったもんで。なんとなくふらっと。ちょっと様子《ようす》でもうかがえればなあ、と」

「お気遣《きづか》い感謝《かんしゃ》いたします。お連《つ》れ様は？」

「いや。今日は俺ひとりで。小岩井《こいわい》さんは関係《かんけい》なしで」

「かしこまりました。さあどうぞ」

にこにこ。

にこにこ。

とても上機嫌《じょうきげん》そうである。

かなり歓迎《かんげい》されてるよう——だが。裏《うら》がありそうな気がしなくもない。

「ええと。世界さんの様子はその後どんな感じでしょう？」

庭《にわ》を横切《よこぎ》り、廊下《ろうか》を歩きながら問いかける。

「どんな感じ、とは？」

「ええと何ていうか。この間はアクシデント的なものがあって。世界さんがお風呂《ふろ》上がりのところをお邪魔《じやま》しちゃったので。ご機嫌いかが、みたいな」

「あれ以来、口を利《き》いていただけません」

にこにこ。

にこにこ。

とても上機嫌そうである。

「今後は一切おチヨと口を利かない、目も合わせない、一生嫌《きら》いになる、とおっしゃって。それはもう大層《たいそう》な怒《おこ》りようでした」

「それはなんというか……すいませんでしたホント」

「優樹様が謝《あやま》られることはありません。すべてはわたしの一存でやったこと。どうぞお気になさらず」

「は、ども。恐縮《きようしゆく》です」

「胸《むね》が大きかったでしょう？」

あやうく吹《ふ》き出しかけた。

おチヨさんは笑顔を崩《くず》さず、

「我《わ》が主《あるじ》は、ご自身のプロポーションのことをとても気にしてらっしゃいますが。じつに見事《みごと》な胸だとは思いませんか？」

「は、はあ」

「思いませんか？」

「ああいえその。思います。はい」

「ぜひ本人にその感想《かんそう》をおっしゃってあげてくださいませ。きっとお喜《よろこ》びになられます」

「いやその。胸のこと気にしてるんでしょ彼女？　だったら――」

「きっとお喜びになられます」

重《かさ》ねて推《お》された。

優樹は「う、ういっす」と答えるしかない。

なんだか一筋縄《ひとすじなわ》じゃいかないメイドだとは思っていたが……ひとつ確信《かくしん》が持《も》てた。

この人ぜったいドSだ。優《やさ》しそうだし品も良さそうだけど間違いない。

「こちらに我が主がおられます」

とある扉《とびら》の前まで来た。

一度あることは二度あるもの。優樹は念《ねん》のため訊《き》いてみる。

「まさかとは思いますが」

「なんでございましょう」

「ドアを開けたらまた裸、ってことはないですよね？」

「ひょっとして期待《きたい》しておいでで？」

「んなわけないでしょ」

「ご安心ください。ここはお風呂場ではございませんので」

言ってメイドさんは扉をノックした。

「おチヨです。中に入ってもよろしいでしょうか我が主？」

こんこん。

こんこん。

「…………」

返事《へんじ》はない。

いまだに怒っているなら当然か。

〝さあどうぞ〟

おチヨさんが視線《しせん》で促《うなが》してくる。

ここまで来て引き下がるつもりはない。

「失礼《しつれい》しまーす」

扉を開ける。

部屋の中に一歩踏《ふ》み入れる。


そうして優樹が見たものは。

お着替《きが》え中で下着もあらわな、銀髪の少女の姿だった。


「お風呂場でも裸でもございませんが」

おチヨさんが笑顔で言った。

「まあ着替えぐらいはしていることもありますよね」

「──お」

目をまん丸にしていた神鳴沢世界が。

顔を真っ赤にし、ぷるぷる震《ふる》えながら叫《さけ》んだ。

「おチヨ────────────────ッ！」

あわててテーブルの裏に隠れ、もぞもぞ服《ふく》を着ながら、

「一度ならず二度までもッッ！　何なのだ何を考えてるのだ貴殿《きでん》⁉」

首から上だけ出して、涙目《なみだめ》で抗議《こうぎ》する。

しかしメイドさんは涼《すず》しい笑顔で、

「ご来客がありましたのでお連れいたしました」

「お連れいたしました、ではないッ！　なぜあらかじめわたしにひとこと言わない⁉」

「ノックはいたしました」

「ノック以外にもいろいろあるだろう⁉　着替え中に連れてくる馬鹿《ばか》があるか！」

「ですが我が主は、ご学友の方と仲良《なかよ》くなりたいとおっしゃっていたではありませんか。であればやはり、ありのままのお姿をお見せした方が」

「もっとやり方があるだろう⁉　裸とか着替えを見せる以外にも、ありのままの姿を見せるやり方が他にもいろいろ！　仮《かり》にそういう姿を見せるにしても物事には順序《じゅんじょ》というものが――」

「我が主が順序を守ってちゃんと学校に通っていれば、こうしてわざわざお越《こ》しいただく必要《ひつよう》もなかったのでは？」

「ええいうるさい黙《だま》れ！　前回といい今回といいもう勘弁《かんべん》ならぬ！　貴殿はクビだ！　今すぐ出ていけ！」

「よろしいのですか？　わたしがいなければ、ご自分の下着がどこに仕舞《しま》ってあるのかもわからないでしょうに」

「いいから出ていけ――――っ！」

　おチヨさんはにこにこしながら一礼し、踵《きびす》を返した。

　優樹とすれ違《ちが》う際に「あとはよろしくお願い致《いた》します」とささやき残《のこ》していった。そんなこと言われても困《こま》るのだが。

「まったくあやつは……」

　怒りで顔を真っ赤にし、はーはーふーふー唸《うな》っていた銀髪少女だが。やがて優樹のポカン顔に気づくと別の意味で顔を赤くし、うつむいてしまった。

「あーっとその」

　なんとも空気が悪《わる》い。

　物理的《ぶつり》にも雰囲気《ふんいき》的にも。

「俺、帰った方がいい？　メイドさんもどっか行っちゃったし。また出直して」

「い、いやっ！」

　銀髪少女が顔を上げる。

　何やら必死《ひっし》そうに口を開け閉めして、

「ここにいて、うん、いい！　むしろいて、ほしい！」

「そっか。んじゃまあ、そうさせてもらうとして」

「そ、そうだっ。こういう時はお茶を出さねばならないな。なにせお客さんが来たのだからな。おーいおチヨ！　おチヨはいないか！」

「さっきクビにしたばかりだろ」

優樹は呆《あき》れながら、

「とにかく落ち着いてくれ。今日はちょっと顔を見に来ただけだから」

「そ、そうか。そうだな。うむ」

コホンコホンとせき払《ばら》い。

身だしなみを整《ととの》え、椅子《いす》に座《すわ》って、

「すまぬが貴殿。ちょっと時間をもらってもよいだろうか」

「いいけど。何するの？」

「深呼吸《しんこきゅう》だ」

「……好きなだけどうぞ」

「恩《おん》に着る」

と言って、転校生は本当に深呼吸を始めた。

（変なやつだ）

と優樹は思った。

しゃべり方がそもそもおかしい。〝貴殿〟なんていう古めかしい呼《よ》び方は初《はじ》めてされた。いわゆる中二病というやつなのだろうかこの転校生は。

（とりあえず様子見かな？）

テーブルを挟《はさ》み、転校生の向かいに腰掛《こしか》ける。

部屋の様子を確認《かくにん》する。

立派《りっぱ》な部屋だ。広くて風格《ふうかく》がある。それでいて華美《かび》に過《す》ぎない。調度品《ちょうどひん》といえば、本棚《ほんだな》やベッドなど、最低限《さいていげん》のものがあるだけ。

「なんかごめんな」

深呼吸が一息《ひといき》つくのを見計《みはか》らって優樹は声をかける。

「ちょっと様子を見るだけ、ぐらいのつもりだったんだけどさ。やっぱ前もって連絡《れんらく》しとくべきだったな」

「い、いやっ」

上《うわ》ずった声で転校生が答える。

首と手を勢《いきお》いよく振《ふ》りながら、

「気にしないでくれ。もし仮に前もって連絡したとしても、おチヨのやつはわざと黙っていただろう。あれはそういう女だ」

「そっか。ならまあ、いいんだけど」

「うむ。なのでまあ、別にいいのだ」

「…………」

「…………」

会話が続かなかった。

神鳴沢世界は引きこもりにふさわしく、あまりコミュ力がないらしい。

一方の優樹はとにかく相手を持て余《あま》していた。掴《つか》み所がないというか、そもそも流れについていけないというか。

(……なにしてんだろな、俺)

どうして自分は転校生とふたりきりでいるんだろう？　誰もフォローしてくれないし。これじゃあ帰るに帰れないし。

(ええと。どうしようか)

優樹は考えた。

この息苦《いきぐる》しさから抜《ぬ》け出す方法。

何か妙案《みょうあん》はないか——と知恵《ちえ》をしぼったところで思い出した。

さっきメイドさんがくれたアドバイス。

「ええとさ。神鳴沢さん」

「う、うむ。なんだ？」

「君って胸、きれいだよネ」

「…………」

できるだけ明るい口調《くちょう》で言ったつもりだった。

ちょっとおどけた感じで言ったつもり、でもあった。

万が一の時は適当にごまかすつもりで、心の準備《じゅんび》もしていた。

だけど、

「あう……」

一瞬《いっしゅん》フリーズしていた転校生の顔がくしゃくしゃに歪《ゆが》んで、

「うあう……」

リトマス紙で酸性《さんせい》の反応《はんのう》が出たみたいに赤くなって、

「うう……ぐすっ……」

目尻《めじり》にじわりと涙がたまった時点で優樹はギブアップした。

「すすすすまんごめん！　俺が悪かった！」

土下座《どげざ》に近いかたちで頭を下げる。

「そう言っとけばぜったい喜ぶって！　おチヨさんが言ってたから！　だからつい！」

「……おチヨだと？」

転校生が表情《ひょうじょう》を変えた。

羞恥《しゅうち》の赤から激怒《げきど》の赤へと。

「あの腐《くさ》れメイドめ！」

目を三角にして吼《ほ》える、

「あやつはいつもいつも！　こりもせずに！　今度という今度は本当にクビだ！　謝ってもぜったいに許《ゆる》してやらぬ！」

よほど腹《はら》に据《す》えかねるのか、両手をぶんぶん振り、両脚《あし》をじたばたさせて怒《いか》りを表《あらわ》している。

ちょっと可愛《かわい》かった。

その感情《かんじょう》が表に出た。

「ぷっ……くくく」

つい吹き出してしまった優樹に気づいて、転校生の顔がまた羞恥の赤になる。

「わ、笑わなくても、いいではないかっ。わたしは本気で怒っているのだぞっ」

「ははは、ごめんごめん。いやでもなんか可笑《おか》しくてさ」

「むぐぬう……」

　転校生が頬《ほお》をふくらませる。

　優樹はさらに問いかける。

「あのメイドさんって、いつもあんな感じなわけ？」

「うむそうなのだ。あやつは何かと機会《きかい》を見つけてはわたしをオモチャにして遊《あそ》ぼうとするのだ。けしからん女だ」

「へーえ。人は見かけによらないなあ」

「だまされてはいけない。あの者はいつも落ち着いていて、賢《かしこ》そうに見えるかもしれないが、脳《のう》みその大部分はろくなことに使っていないのだ」

「おチヨさんが苦手《にがて》？」

「苦手だとも。長年わたしの面倒《めんどう》をみてくれていることには感謝するが、あやつはそれをいいことに好き勝手《かって》やっている節《ふし》がある。まったくメイドの風上にもおけない」

「なるほどなー。実は俺もなーんか苦手なんだよなあの人。笑顔の裏で何を考えてるかわからないっていうか」

「そう、そうなのだ！　あやつは外面《そとづら》がいいからみんなだまされてしまうのだ！　その点、貴殿はかしこいな。腐れメイドの本性をちゃんと見抜いている。これはなかなかできることではない」

「そっか？　そりゃどうも」

「聞いてくれ貴殿。あやつは本当にひどいのだ。たとえばこの間なども――」

……この展開《てんかい》がすべて計算《けいさん》どおりなのだとしたら。あのメイドはとんでもない策士《さくし》ということになるだろう。

彼女の悪口をきっかけにして、桐島優樹と神鳴沢世界は急速《きゅうそく》に打ち解《と》けていった。

なにせおチヨさんの悪口となると、転校生はすらすらしゃべってくれるのだ。優樹は相づちを打っているだけでいい。

しばし、この場にいない人物をつるし上げる会がつづいた。

ほどなくして転校生は「……あ」と頬を赤らめて、

「す、すまない。わたしばかりしゃべりすぎた」

「いや。いいよぜんぜん」

優樹は笑って首を振る。

メイドさんもクビになったことだし、ここらが潮時《しおどき》だろう。

「そんじゃ俺、今日はそろそろ帰るよ」

「も、もう帰るのか……？」

「うん。ちょっと様子を見に来ただけだし」

「そうか……うん。仕方《しかた》ないな」

転校生はしょんぼりうつむいた。

だけどすぐに顔をあげて、

「あ、あのっ」

「うん？」

「また来てくれるだろうか？　今日は楽しかったから……貴殿はたくさん話を聞いてくれたし。ぜひまたいろんな話を聞いてもらいたい」

「わかった。また話をしようぜ」

優樹は笑ってうなずいた。

「うむ！　約束だ！」

転校生も花びらが咲きこぼれるように笑い返した。

「でもさ」

優樹は釘《くぎ》を刺《さ》して、

「〝また来てくれるか？〟ってのは、どっちかっつーとこっちのセリフだろ」

「……むぬ？」

「神鳴沢。また学校に来てくれるか？」

「む……」

口ごもる転校生。

それからしばし、右を向いたり左を向いたり、床《ゆか》を見たり天井《てんじょう》を見たり、両手の指を絡《から》めたりしてうなっていたが。

やがて上目《うわめ》づかいに、恐《おそ》る恐《おそ》るこう言った。

「……貴殿が、学校まで連れていってくれるなら。行く」

「わかった」

優樹は即答《そくとう》した。

「明日の朝むかえに来るから。ちゃんと学校へ行く準備しとけよ？　途中《とちゅう》で気が変わったとか、やっぱやめるとか、そういうのは無《な》しな？」

「わ、わかった。そういうのは無しだ」

「オッケー。そんじゃまた明日」

手を振りながら部屋を出た。

転校生は何度もうなずきながら、ぶんぶん手を振って見送ってくれた。

（春子が何て言うかなー……）

帰り道、妹がツノを生やす姿を思い浮かべた優樹だったが。このくらいならまあ、許してくれるだろう。そもそも彼女のアドバイスに従《したが》ったからこそ、こういう展開になったのだし。

――さて。

浮き世離れした転校生の正体が、わりと普通《ふつう》の少女であることは理解《りかい》できた。

〝餌付け〟はこれからが本番《ほんばん》だ。

第三章

翌朝《よくあさ》6：30に桐島家《きりしまけ》を出て、電車《でんしや》を乗《の》り継《つ》ぎ三十分と少し。

神鳴沢《かなるざわ》の屋敷《やしき》までたどり着くとメイドさんがお出迎《でむか》えしてくれた。

「お待ちいたしておりました」

「我《わ》が主《あるじ》の用意は調《ととの》っております。本日はどうぞよしなに」

「いえまあ。こちらこそ」

お辞儀《じぎ》するメイドさんに優樹《ゆうき》も頭を下げてから、

「しかしなんつーかおチヨさん」

「はい？」

「クビになっても何食《なにく》わぬ顔でそこにいますよね」

「もちろんですとも」

うさんくさい笑顔《えがお》がトレードマークのメイドさんはうさんくさく微笑《ほほえ》みながら、

「我が主とわたしは強い絆《きずな》で結《むす》ばれております。クビになった程度《ていど》で離《はな》れ離《ばな》れになったりしません」

「はあ。そですか」

「またあの方とわたしの間にある深《ふか》い愛情《あいじょう》は、何人《なんぴと》をもってしても引き裂《さ》き得《え》ないもの。磁《じ》石《しゃく》が引かれ合うのと同じく、元の鞘《さや》に戻《もど》るのは当然《とうぜん》の成《な》り行《ゆ》きといえるでしょう」

「神鳴沢は割《わり》と本気で嫌《いや》がってましたけどね？」

「しばしこちらでお待《ま》ちを。我が主を連れて参《まい》りますので」

スルーして屋敷の中に戻るおチヨさん。

ほどなく玄関《げんかん》の向《む》こうから、なにやらやり取りする声《こえ》が聞《き》こえてくる。

「ややややっぱりやめる！　気が変《か》わった！」

「馬鹿《ばか》をおっしゃらないでください。優樹様に迎《むか》えまでさせておきながら」

「昨日は勢《いきお》いで言ってしまったのだ！　よくよく考《かんが》えればわたしには無理《むり》だった！」

「今さらやめるなんて許《ゆる》しませんよ。さあお早く」


……もめているようだ。

さらに待つことしばし。

おチヨさんの後ろに隠《かく》れながら転校生が姿《すがた》を現した。

「お待たせいたしました優樹様。……さあ我が主、ごあいさつを」

「お、お、お」

おチヨさんに押《お》し出されて、神鳴沢世界《せかい》が目の前に立った。

今日は制服姿《せいふく》だ。

カバンもちゃんと提《さ》げている。

うつむきもじもじしながら細《ほそ》い声を絞《しぼ》り出す。

「おはよう、ございます……っ」

「おっす。おはよ」

優樹もあいさつを返《かえ》した。明るい笑顔で。

なるべく彼女《かのじょ》の不安や心細さを取り除《のぞ》き、久《ひさ》しぶりに登校するプレッシャーを軽《かる》くしよう、
という狙《ねら》いだったのだが、

「あう……」

転校生は急《きゅう》に切なそうな顔をして、

「……ううう」

くちびるを引き結び、ただでさえ赤い瞳《ひとみ》を真っ赤にし、

「ううっ……ぐすっ……」

泣《な》いてしまった。

優樹はあわてて、

「え、ちょ。何かした俺《おれ》？　何かまずいこと言った？」

「ち、ちがうのだ……ひっく」

転校生は顔を覆《おお》いながら、

「感動《かんどう》したのだ。こうして学校の制服を着て、クラスメイトにお出迎えされて、おはようとあいさつを交《か》わせたことが。とてもうれしいのだ……ぐすっ」

「ようございました」

おチヨさんが転校生の背中《せなか》をやさしくさすった。

優樹は「は、はあ」と答えるのが精一杯《せいいっぱい》だった。

「――我が主は」

優樹のそばまで寄《よ》ってきて、おチヨさんが耳打《う》ちする。

「なにしろずっとお屋敷に引きこもっておいでしたので。何かと今後もこんな展開《てんかい》が続《つづ》くと思われますが、どうぞよしなに」

「は、はあ」

面食《めんく》らいながら同じ答えを繰《く》り返す優樹。

一筋縄《ひとすじなわ》ではいかないだろうと覚悟《かくご》はしていたけど。

どうやら想像《そうぞう》以上に手が掛《か》かりそうな予感《よかん》。

†

駅《えき》まで歩く道のり。

通勤《つうきん》ラッシュの電車の中。

途中《とちゅう》で立ち寄ったコンビニの缶《かん》コーヒー。

それらひとつひとつに、神鳴沢世界は感動の涙《なみだ》を流《なが》した。

「うう……駅までの道のりは長いのだな……ぐすっ」

「はぐう……こんなすし詰《づ》めの状態《じょうたい》を我慢《がまん》せねばならないのか……ひっく」

「はわ……こんなにまずい飲《の》み物《もの》が、どうしてこんなに美味《おい》しいのだ……しくしく」

そのたびに優樹は「泣くこたねーだろ」と突《つ》っ込《こ》むのだが、

「す、すまない。だがわたしにとっては新鮮《しんせん》な経験《けいけん》で……」

そう言ってまたべそをかくのだった。

(……何なのこの生き物)

呆《あき》れるのを通り越《こ》して、優樹はちょっと感心してしまった。

こんなに泣いてばかりのヤツを初《はじ》めて見た。こういうのも泣き上戸《じょうご》のジャンルに入れていいのだろうか?

「……ふう。すがすがしい気分だ」

コンビニ近くのガードレールに並《なら》んで腰《こし》掛けて。

やや落ち着きを取り戻した転校生は大きく吐息《といき》した。

「今日はたくさん感動を味《あじ》わえた。これも貴殿《きでん》のおかげだな。ええと……」

「優樹。桐島《きりしま》優樹」

「うむ優樹よ。貴殿にはお礼《れい》を言わねばならないな」

「どういたしまして……っていうか、お前が勝手《かって》に感動してただけでさ。俺はなにもしてないんだけど？」

「そんなことはない。何もかも貴殿のおかげだ」

「そうは思えんけどなあ……まあお礼はありがたく受《う》け取っておくよ」

「うむ。そうしてくれ」

照《て》れくさそうにはにかんだ。

それはとても魅力《みりょく》的な笑顔だったけど、

「ではわたしはこのあたりで帰るとしよう。ああ気にせずともよい、道は覚《おぼ》えたからひとりで帰れるとも」

「……はい？」

「心配《しんぱい》はいらない。なんならおチヨを迎えに来させても」

「いやいや。まだ学校にたどり着《つ》いてもいないから。そっからが本番《ほんばん》だろ？」

優樹は突っ込んだ。

転校生の表情《ひょうじょう》がまた不安定《ふあんてい》にゆらぐ。

「うう……やはり行かねばならないのか……」

「行きたくねえの？」

優樹が問《と》うと首を振《ふ》って、

「そうではないが……き、緊張《きんちょう》する」

「緊張って？　たとえば？」

「たとえばわたしは、人と話すことに慣《な》れていない」

「俺とは普通《ふつう》に話してんじゃん」

「うむ。そうだな。貴殿はまあ、特別《とくべつ》だ。出会い方が特殊《とくしゅ》だったから、普通に話すくらいは問《もん》題《だい》なくなってしまった」

「まあそっか。いきなりサービスシーンが二連発《れんぱつ》だったしなー」

「……ううっ……ぐすっ……」

「だあすまん！　今のはナシ！　軽い冗談《じょうだん》だから！　イッツジョーク！」

なだめるのにだいぶ時間を食ってしまった。

まだ彼女の繊細《せんさい》さに慣れることができないでいる。吹《ふ》けば飛《と》ぶし触《さわ》れば散《ち》る、綿毛《わたげ》のような性格《せいかく》の持ち主だ。

（ま、しょうがないかなー）

神鳴沢世界の背景《はいけい》を思う。

銀《ぎん》色の髪《かみ》と赤い瞳。引きこもりの人生。

妙《みょう》なしゃべり方に、些細《ささい》なことで感動するメンタル。

屋敷には家族《かぞく》の姿がなかったし、メイドもおチヨさんひとりのようだし。いろいろ事情《じじょう》があるのだろう。このタイミングでは訊《き》けないけど。

「うーんそうだなあ……」

しばし考えてから優樹は提案《ていあん》する。

「じゃあ何か作戦《さくせん》を考えるか？」

「作戦？」

「お前にとっては転校デビューってやつだからさ。こういうのは最初《さいしょ》の印象《いんしょう》が大事《だいじ》っていうか。インパクトが肝心《かんじん》っていうか」

「なるほど！」

目をキラキラさせる転校生。

それから首をかしげ、

「で？　具体的《ぐたいてき》にはどうすればいいのだ？」

「えーっとだな」

優樹は腕《うで》組みして考える。

そして気づいた。よくよく考えたら転校生のインパクトは既《すで》に十分なのだった。そのビジュアルでクラスメイトたちは一気に引き込まれていたし。

というか最初の印象はむしろ良《よ》かったのだ。その後が問題だっただけで。

「とりあえずさ」

ちょっと方向《ほうこう》を変えて提案してみる。

「しゃべり方、変えてみない？」

「むう？　何をどう変えるのだ？」

「ほら、まさにそのしゃべり方だよ。堅苦《かたくる》しいしとっつきにくい。特に人のことを『貴殿』とか呼《よ》んだりするだろ？　あれがよくないな」

「そ、そうか。よくないのか」

「正直すげー浮いてるよ。もっと普通にしゃべろうぜ普通に」

「しかし、わたしはこのしゃべり方に慣れてしまっているから……」

「そこは気合《きあい》と根性で直そうぜ。ちょっと試《ため》しにやってみよう」

「わ、わかった」

こくこくうなずき、転校生は表情を引きしめる。

「とりあえず適当《てきとう》に話をしてみようか。……えーとじゃあ、好《す》きな食べ物とかは？　なにかある？」

「と、特に好き嫌《きら》いはありません。何でもわたしは食べられます」

「好きな季節《きせつ》ってある？　ちなみに俺は春が好き」

「わたしはどんな季節でも好きです。季節にはそれぞれの良さがあって、わたしはそのどれもがとても良いと思います」

「おチヨさんって、ほんとひどい人だよな」

「まったくもってそのとおりです。あの人はとても性格が悪《わる》くて意地《いじ》悪です。わたしはいつか、あの人をぎゃふんと言わせることができればいいと思います。でもあの人をクビにすると、わたしは自分の身の回りのことが何もできなくなるので、クビにすることができません。とても悲《かな》しいです」

「…………」

「ど、どうだろうか？」

「うーん……」

天を仰《あお》いだ。

なんかちがう。

まるで英語《えいご》の文章《ぶんしょう》をそのまま直訳《ちょくやく》したみたいな。

それに表情がめちゃくちゃ硬《かた》い。息《いき》をするのをガマンしてるみたいな顔で力いっぱいしゃべるものだから、聞く方も肩《かた》が凝《こ》ってしまう。

「よし。じゃあ次いってみよう」

「ふむ？　しゃべり方はもうこれでいいのか？」

「要《よう》するに緊張さえしなければいいわけでさ。そのための方法《ほうほう》を見つければ話が早いんじゃないかと」

「なるほど。貴殿は頭がいいな」

こくこく頷《うなず》く転校生。

「で？　どんな方法があるのだ？」

「たとえばまあ、手のひらに『人』の字を書いて飲み込むとか」

「それはおまじない程度の効果《こうか》しかないのでは？」

「そんじゃ深呼吸《しんこきゅう》してみるとか」

「あまり効《き》かないな。わたしはよくやっているからわかる」

「とにかく場数を踏《ふ》む」

「それができないから苦労《くろう》しているのではないか」

おっしゃるとおりだった。

どうやらベタなやり方はあまり期待《きたい》できそうにない。

「まあ何ていうかなー。こういうやり方ってひとりひとり違《ちが》うもんだしなー。そうそう簡単《かんたん》に見つかるもんじゃないかも」

「なるほど。貴殿の言うとおりだ」

「何かないの？　これさえすれば落ち着ける、みたいな何か」

「むぅ」

転校生は難《むずか》しい顔をする。

それから言いづらそうに、

「ないことはない、のだが……うーん」

「お、あるの？　じゃあそれでいいじゃん」

「いや、あるにはあるのだが。うーん……」

「なんだよ。もったいぶんなよ」

優樹は催促《さいそく》した。

転校生はしばらくためらった後、カバンの中から何かを取りだした。

「これなのだが」

「……ん？」

目を細めてのぞき込んだ。

優樹にとっては見慣れたものだった。

シガレットケースと、そこに並んだ葉巻《はまき》である。

「これを吸《す》っていれば、わりと落ち着けると思うのだが……どうだ？」

「いやあ……どうですかね？　これは」

「ダメか？」

「ダメですな」

「そうか。そうであろうなあ」

はあ、とため息をつく転校生。

優樹もつられてため息をつく。

「つーかお前、見かけによらないっていうか何ていうか。葉巻なんて吸うのな」

「うむ、まあ。たしなむ程度にはな」

「じつは俺も吸ってたんだ昔《むかし》」

「そうなのか⁉　じゃあわたしたちは仲間《なかま》だな！」

「ちなみに今は」

優樹もカバンをごそごそ探《さぐ》って、

「これを代《か》わりにやってんだけど」

「おおっ！」

転校生が身を乗り出した。

「これはシガレットチョコだな⁉」

「おう。お前も好きなのか？」

「好きも何も」

ふたたび転校生はカバンを探って、

「わたしもほら、持っている。シガレットチョコ。葉巻の代わりにこれを食べていると、けっこう気分が紛《まぎ》れるのだ」

「……ははあ～」

優樹は目を丸くした。

転校生が手に取ったのはまさにシガレットチョコで、しかも優樹と同じ銘柄《めいがら》である。

「こんな偶然《ぐうぜん》もあるんだな」

「まったくだ。なんだか貴殿のことを他人と思えなくなってきたよ」

言って、彼女は「えへへ」と笑った。

いい笑顔だった。

優樹が初めて見る、神鳴沢世界の心からの笑顔だった。

「――でもまあ、あれだ」

照れ臭《くさ》くなって頭をかきながら、

「何にしても使えないな。ずっと咥《くわ》えっぱなしでいるわけにもいかんしな、葉巻にしてもシガレットチョコにしても。学校じゃ無理だわ」

「そうか。やむを得ないな」

転校生はしょんぼり肩を落とす。

そうしてみて初めて気づいた。彼女の顔色があまり良くない。もともと透《す》けるように白い肌《はだ》をしてるけど、それ以外《いがい》の理由《りゆう》で具合《ぐあい》が優《すぐ》れない様子《ようす》だ。

「だいじょうぶか？　体調《たいちょう》悪そうだけど」

「うむ、いや。問題ない。気にするな」

「だいじょうぶじゃねえだろぜんぜん」

よく見ればうっすら汗《あせ》もかいている。呼吸も浅《あさ》い。

「うーんこりゃあ。学校行っても保健室《ほけんしつ》行きだろうな」

「う……む」

「今日は無理だな学校。大人《おとな》しく家で休んどいた方がいい」

†

おチヨさんに連絡《れんらく》すると、すぐに彼女は飛んできた。

迎えの車はどこにでもありそうな白いコンパクトカー。予想《よそう》される神鳴沢家の経済状況《けいざいじょうきょう》から考えると、ちょっと意外《いがい》な車種《しゃしゅ》である。

「またお願《ねが》いできるだろうか？」

別れ際《ぎわ》、転校生は不安げな顔でそう言った。

「また貴殿といっしょに学校へ行きたい。今度はちゃんと学校にたどり着きたい」

「おう。まあなんとかやってみるよ」

やや中途半端《ちゅうとはんぱ》な頷きに、彼女は「約束《やくそく》だぞっ！」と笑って返すのだった。

†

こうして神鳴沢世界との最初の登校は、途中退場《たいじょう》という不名誉《ふめいよ》な結果《けっか》に終《お》わった。

もちろんこの時の優樹は知るよしもない。

彼女の存在《そんざい》と彼女との接触《せっしょく》はこれ以降《いこう》、想像以上にやっかいな問題となって、彼の両肩にのしかかってくるのである。

第四章

「ふーん。やっぱ大変そうだねー」

後日。

私立叢雲学園高等部《しりつむらくもがくえんこうとうぶ》、三年A組の教室にて。小岩井来海《こいわいくるみ》はひとことで感想《かんそう》をまとめた。

鼻《はな》とくちびるの間にシャーペンをはさみながら、

「いや、それにしても大変だよ優樹《ゆうき》くん。神鳴沢《かなるざわ》さんの面倒《めんどう》見るのって普通《ふつう》じゃないと思うよ。いやすごいね。学級委員《がっきゅういいん》の鑑《かがみ》だね」

「小岩井さんも学級委員だろ？　手伝《てつだ》ってくれたりしない？」

「いやー。わたしあんまりお節介《せっかい》は好《す》きじゃないしー」

机《つくえ》を向《む》かい合ってふたり。

彼《かれ》らは先生に頼《たの》まれて、授業用《じゅぎょう》のプリントをまとめている最中《さいちゅう》である。

放課後《ほうかご》の教室には優樹と来海だけ。他《ほか》に生徒の姿《すがた》はない。

「むしろわたしは優樹くんがちょっと意外《いがい》かな」

「意外って何が」

「神鳴沢さんの面倒見てるのがよ。優樹くんって普通にいい人だと思うけど、面倒見がいい感じじゃなかったじゃん？」

「そうかな」

「そうだよ。スカしてる感じでもないけど、熱血《ねっけつ》でアツい系《けい》ともちがう、みたいな。だから意外だよ今の状況《じょうきょう》は」

「自分ではさ」

軽《かる》く肩《かた》のストレッチをしながら、

「状況に応《おう》じて流れのままに、って感じだけど。今回もまあ、そういう役目《やくめ》が回ってきたみたいだからさ。それでやってる的な」

「つまり流されやすいってことね」

「……まあ否定《ひてい》できないっすけど」

「ま、あれだよね。優樹くんが学級委員やってるのもあたしに言われたからだもんね」

「言われたからっていうか、すっげーしつこかったんだよ小岩井さんのお誘《さそ》いは。いっしょに学級委員やろうよー、って毎日言われたし」

「迷惑《めいわく》だった？」

「いや。すげーありがたかった」

「ならばよし」

えっへんと胸《むね》を張《は》る来海。

優樹はちょっと苦笑《にがわら》い。

夕暮《ゆうぐ》れ近いグラウンドから、野球部《やきゅうぶ》がランニングするかけ声が聞《き》こえてくる。

「で？　どうするのこれから？」

「どうするって何が」

「これからもあの子の面倒見るの？　学校に来るまで？」

「そりゃまあ」

転入《てんにゅう》してきて五月になった今も、神鳴沢世界《せかい》はまだ学校に来ていない。

体調不良《たいちょうふりょう》やら能力《のうりょく》の不足やら、理由《りゆう》は様々《さまざま》である。それでもいつかはちゃんと学校に行きたい、という意思《いし》だけはちゃんとあるようなのだ。

であればやはり。

できればその望《のぞ》みを叶《かな》える手助《てだす》けをしたい、と思うのは人情《にんじょう》じゃあるまいか。

「それにさ」

苦笑いしながらこう付け足す。

「神鳴沢ってかなり浮《う》いたキャラだろ？　それ、わりと俺《おれ》も同じだからさ」

「まあねー」

吐息《といき》しながら来海。

「昔《むかし》から浮いてたもんね優樹くんって。ほんと昔っから」

「あはは。いやまあ」

「優樹くん家《ち》ってさー、すっごいお金持ちだからさー。普通はもっとお金持ちの学校に行くじゃん？　なのにウチみたいな普通の学校に通ってるし」

「なんかそういうセレブ的なのって苦手《にがて》なもんで」

「しかもやたら腕《うで》っ節《ぷし》は強いよね？」

「いちおう鍛《きた》えてはいるんで。こう見えて」

「そのくせ大人《おとな》しく一般庶民《いっぱんしょみん》して、普通っぽくしてるのかっていえばさ。揉《も》めごとに首突《つ》っ込《こ》んでケンカして問題児《もんだいじ》あつかいされたりさ」

「曲《ま》がったことが嫌《きら》いで真《ま》っ直《す》ぐな男、ってことだよ。むしろ褒《ほ》めてくれよ」

「目つき悪《わる》いから誤解《ごかい》されやすいし」

「そこはいいだろ生まれつきなんだから！」

　ムキになる優樹。

　来海は「ははん」と鼻で笑って、

「ま、わたしというやさしくて面倒見がよくて可愛《かわい》い同級生《どうきゅうせい》がいたおかげでさ。だいぶ優樹くんは救《すく》われてると思うけど」

「ハイ、その点はもう。ひたすら恩《おん》に着《き》るしかないっす、ハイ」

「わたしがいなかったら優樹くんってぼっちだよね、ぶっちゃけ。今も昔も」

「うっす、それはもう。まったく反論《はんろん》の余地《よち》がありませんでして、押忍《おす》」

「感謝《かんしゃ》してる？」

「してます。めっちゃしてます」

「わたしのこと好き？」

「ええそれはもう。めっちゃ好きっす。いやマジで」

「ふむ。まあよろしい」

来海はニッコリ笑《わら》う。

優樹は内心でホッと一息《ひといき》つく。

彼女《かのじょ》との間にたくさん貸《か》し借《か》りがあるのは事実《じじつ》である。だからこそ春子《はるこ》も小岩井来海を排除《はいじょ》しきることができないわけで。

「ま、いいことだとは思うよ」

来海はおどけた調子《ちょうし》で頬杖《ほおづえ》をつきながら、

「そりゃできればさ、神鳴沢さんには学校に来てもらいたいですよ、わたしも」

「だろ？」

「わたし学級委員だし、可愛い子は大好きだし。もしあの子がうちのクラスに溶《と》け込《こ》んでくれたら、すっごい楽《たの》しいと思いますよ」

「だろ？　だろ？　だったら——」

「でもわたしはがんばりません」

ニッコリ笑って来海は言った。

「なので、がんばる役目は優樹くんに譲《ゆず》ります。神鳴沢さんを学校に来させて、その上でちゃんと溶け込めるようにするのはお任《まか》せします。よろしくね」

†

実際《じっさい》これは転校生にとってピンチだった。

三年A組における、あるいは叢雲学園における神鳴沢世界の存在《そんざい》感は、日に日に弱くなっている。

クラスメイトたちは彼女のことを話題《わだい》にしなくなった。最初《さいしょ》はみんな大騒《さわ》ぎだったのに薄《はく》情《じょう》なものだ——とは思うけど、それもまた人情というもの。姿を見せない人間を気にかけ続けるほど高校三年生はヒマじゃない。

例外《れいがい》は優樹と来海、そして職務《しょくむ》放棄《ほうき》のできない担任《たんにん》の先生ぐらいのものである。

そしてとある日。

その担任に呼ばれてこう言われた。

『神鳴沢のことよろしく頼むな、桐島《きりしま》』

『はあ』

……頼まれてしまった。

いやそんなこと言われてもなあ、と思ったけど断《ことわ》らなかった。

体《てい》のいい厄介《やっかい》ばらいをされた転校生に同情した、というのもある。学級委員の仕事《しごと》に含《ふく》まれることだとも思ったし、友だちがろくにいない優樹はわりと時間に余裕《よゆう》もあった。

でもそれより何より。

神鳴沢世界という人間に興味《きようみ》を持ったのだ。

人間離《ばな》れした見た目と雰囲気《ふんいき》。素直《すなお》で世間ずれしてない性格《せいかく》。その他もろもろ。

知りたいと思った。

あの転校生はいったいどんなヤツなのか。

†

ドアを開けるとそこは酒池肉林《しゅちにくりん》だった。

「——お」

アルコールの香《かお》り。
漂《ただよ》う香《こう》ばしい煙《けむり》。
半裸《はんら》姿の少女。

「おチヨ——————ッ！」

そして激怒《げきど》の悲鳴《ひめい》。

「貴殿《きでん》はクビだ今度こそぜったい許《ゆる》さない！　優樹が来る時はちゃんとそう言えと言ったはずだし貴殿は神妙《しんみょう》な顔で承知《しょうち》しましたと言っただろう出ていけ今すぐ出ていけ！」

椅子《いす》の裏《うら》に隠《かく》れ、いそいで服《ふく》を着ながら。神鳴沢世界は一気にまくし立てた。

「それでは優樹様」

部屋《へや》まで案内《あんない》してくれたおチヨさんがお辞儀《じぎ》をして、

「わたしはクビになりましたのでこれにて失礼《しつれい》いたします。あとはよしなに」

「あ、はい。ども」

踵《きびす》を返《かえ》すメイドさんを、優樹は頭を掻《か》きながら見送る。こりない人だと思いながら。

「ううあの腐《くさ》れメイド……！」

涙目《なみだ》で世界が呪《のろ》いを吐《は》く。

「謝《あやま》ってもぜったいに許してやらぬ……わたしはあやつが道ばたでのたれ死《じ》にするのを願《ねが》って
やまないぞ……」

「俺もその意見に賛成《さんせい》。あのメイドさんは一度こりた方がいい」

「うむ！　まったくだ！」

「ところで——」

部屋をぐるりと見回して。

優樹はあきれた。

「派手《はで》にやってんなあお前」

「む。いやこれは」

口ごもる世界だった。

テーブルには所狭《ところせま》しと並《なら》べられた酒瓶《さかびん》。そして葉巻《はまき》の吸《す》い殻《がら》の山。

「貴殿に見せるつもりはなかったのだ」

しどろもどろの言い訳《わけ》が始《はじ》まる、

「褒められた趣味《しゅみ》でないことは知っている。だから隠れてこっそりやるつもりだったのだ。本
当だ。信じてくれ」

「隠れててもダメなもんはダメだと思うが」

「それにわたしは長らく酒も葉巻もやめていたのだ。しかし最近はいろいろ気が重《おも》いことが多《おお》くて、それでつい手を出してしまったのだ」

「アル中とか禁煙《きんえん》に失敗《しっぱい》したヤツが言いそうなセリフだな」

「……うう……ぐすっ」

「ええいやめんか。泣《な》くほどのことかっつーの」

べそをかく部屋の主《あるじ》をなだめ、優樹は空《あ》いてる椅子に座《すわ》る。

泣き止《や》んだ世界も向かい側《がわ》に座って、

「ともあれ歓迎《かんげい》するよ優樹。よく来てくれた」

「どういたしまして。ところでお前、あいかわらず学校こないな」

「むぐ……面目《めんぼく》ない」

しょげ返る世界。

優樹はなるべく明るい声で、

「何ならいっしょに学校行こうか？　また明日あたりどう？」

「……気持ちはありがたいが、自信《じしん》がない」

「自信がない？」

「先日つくづく思い知らされた。貴殿が付き添《そ》って学校に行こうとしてくれたあの日だ。わたしにはやはり、学校に行く才能《さいのう》がないのだ」

斬新《ざんしん》な表現《ひょうげん》だった。

だけどなるほどとも思う。決められた日、決められた時間にきちんと学校へ行くには、それなりのスキルなり社会経験《けいけん》なりが必要《ひつよう》なのだ。そうでなければ不登校なんて現象《げんしょう》は存在しないわけで。

「ま、学校なんて別に行かなくていいけど」

優樹は本音《ほんね》を言った。

「学校行かなきゃぜったい人生やっていけない、ってわけじゃないし。才能がないってんならなおさらじゃん？　他に才能あること探《さが》せばいい的な」

「……むぬ」

「それに神鳴沢ってさ、これだけいい家で暮《く》らしてて、しかもメイドさんまでいるんだからさ。不自由はあっても生きてくのに困《こま》る、ってことはないだろ？　だったら行かなくてもいいよ学校。無理《むり》しなくていいって」

「…………」

世界はうつむいた。

眉間《みけん》にしわを寄《よ》せたり、両手の指《ゆび》をからませたり、口をへの字にしたりしている。

「でも」

それから小さな声でこう言った。

「でもやっぱり、わたしは行ってみたい。学校に。一度ちゃんと通ってみたい。そうしないと、わたしは——うん、なんだかな。胸を張って生きていけない気がするんだ」

「わかった。じゃあ手伝《てつだ》う」

即答《そくとう》した。

「行きたいけど行けなくて、でもやっぱり行きたいんだな？　いいよ、じゃあ手伝う。お前が学校に行って上手《うま》くやれるまで付き合うよ」

「……本当に？」

「まあぶっちゃけるとだな。俺もあんまり学校には馴染《なじ》めてないんだよな。だからお互《たが》い様なんだ。んでさ、できれば俺も、もうちょっと上手くやっていきたいし。だから一緒《いっしょ》にがんばってみるみたいな。そんなんでどう？」

「………………」

世界の表情《ひょうじょう》がちょっと明るくなった。

こくこく、こくこく、と何度もうなずいて、

「うん、なるほど。いいと思う。とてもいいと思う。やろうではないか優樹。わたしたちふたりで何とかやってみよう」

「おう。そうしようぜ」

優樹も笑ってうなずいた。

これでまずは第《だい》一歩。

「で、だな。まずはやっぱ作戦《さくせん》を考えないといかんのだな」

「作戦？」

「普通に学校に行こうとしてもダメなのはわかったからさ。いろいろ方法《ほうほう》を考《かんが》えてみようっていう」

「ふむふむ」

「学校に行けるようになる方法もだし、学校で馴染めるようになる方法もだし。とにかくいろいろだ」

「優樹には何かアイデアがあるのか？」

「まあな。いちおう考えてはきたんだが——」

少し間を置く。

世界は身を乗《の》り出して聞いている。

「まずは髪《かみ》だ。お前のその真《ま》っ白《しろ》い髪。それと赤い目」

「むう？」

「それって元々《もともと》その色なのか？　それとも染《そ》めたりしてんのか？」

「もともとの色だが、それが？」

「じゃあ普通の色にしようぜ。髪は黒にして目は色つきのコンタクトレンズにして。それでだいぶ変わるぞ？」

なんせ神鳴沢世界は異質《いしつ》すぎるのである。

誰《だれ》もが振《ふ》り返るほど整《ととの》った顔立ち。

どこか浮き世ばなれした雰囲気。

いずれもコミュニティに溶け込む際《さい》に一悶着《ひともんちやく》ありそうな要素《ようそ》だが——何より髪の色と目の色が大きい。これじゃあ学校に通ったところで簡単《かんたん》には溶け込めないだろう。

「ふむ……」

世界は視線《しせん》を落とした。

自分の白い髪をそっと撫《な》でながら、

「とてもいいアイデアだが……すまない、あまり気が進まない」

「なんで？　なんかポリシーでもあんの？」

「そういうわけではない」

「今さら変えるのが嫌《いや》？」

「それとも少しちがう。何というか——」

髪に触れ、まぶたに触れつつ、

「わたしは長い間これと付き合ってきた。他の人間とちがうことを嫌だと思うこともあった。

でも、これはもうわたしの一部だ。できれば変えたくない」

「ははあ。なるほど」

「もしくはあれだ。髪という字は長い友だちと書くだろう？　その友だちと別れるみたいで、
なんだか悲しくなるのだ。ものすごく申し訳ないのだが——でも、うん。やはり、これはでき
れば切りたくない」

「そっか。じゃあしょうがないな」

「き、気を悪くしただろうか……？」

「そんなことで？　しねえよ」

ふむ、と優樹はあごを撫でる。

実《じつ》のところ、今のがいちばん手っ取り早くて確実《かくじつ》に効果《こうか》がありそうなアイデアだったのだが。

無理ならば仕方《しかた》ない。

そして悲《かな》しいことに、他に手っ取り早そうなアイデアはないのだった。

「あとはそうだなあ。名前を変えるとか」

「名前を？」

「だってお前の名前ってさ、なんか大げさすぎるって。神鳴沢はともかく世界だぜ？　ザ・ワールドだぜ？　ペンネームとかじゃなきゃそんな名前つけないよ普通」

「……わたしはもう、この名前でずっと通っているのだが」

「山田花子にしてみない？」

「そ、それはちょっと……」

「なにぃ気にくわないだと？　全国の山田花子さんに謝れコノヤロー」

とは言ったものの。

優樹だって、今から山田太郎という名前に変えろと言われたらちょっと嫌だ。

「うん。お手上げだな」

両手をあげてみせる優樹。

「なんかもう方法がないわ。うん無理」

「そ、そんな……ぐすっ」

「人の話は最後《さいご》まで聞けよ。手っ取り早い方法がなくなった、ってだけだ」

とはいえすぐには何も思いつかない。

ちょっと考えて、それからカバンの中をごそごそ探《さぐ》って、

「まあとりあえず。これでもどうだ?」

「……む?」

「シガレットチョコ。食べてると少しは落ち着くんだろ?」

言われて世界は一本受け取る。

先っぽをがじがじ齧《かじ》る。泣きべそも少しは引っ込む。

「うまいか?」

「……もともとうまいものではない。でも安心する」

「オッケー。じゃあゆっくり考えようぜ」

椅子に深《ふか》く腰掛《こしか》けた。

優樹もシガレットチョコを口にくわえる。

季節《きせつ》は五月。

穏《おだ》やかな陽気《ようき》、庭木《にわき》に茂《しげ》る新緑《しんりょく》、枝《えだ》に止まってさえずる鳥の声。

「そもそもだな」

チョコを腹《はら》に収《おさ》めてから切り出す、

「俺はお前のことをろくに知らないんだよな。まずそれがよくない」

「よくないとは？」

「知らないヤツにいろいろアドバイスしてもなあ、やっぱなあ。上手くいかないと思うわけです。カウンセリングってやつは、まずは相手《あいて》を知ることからだろ？」

「なるほど。理《り》に適《かな》っている」

「つーわけで教えてくれ。いろいろと」

「教えろと言われても」

世界は困った顔をして、

「わたしは見ての通りの存在だよ。引きこもりで臆病《おくびょう》で、しゃべり方が変だ。人付《づ》き合《あ》いの経験も足りない。見た目はご覧《らん》のとおり。家庭環境《かていかんきょう》は——まあだいたい想像《そうぞう》がつくであろう？」

「まあなー。想像つくよなー」

「だから話せることは多くないのだ」

そう言って、彼女はさらに困った顔をした。

（まあいいか）

と優樹は思う。

（付き合う時間が長くなれば嫌でもわかってくるだろ）

それにこの引きこもり少女は、あまり込み入ったことを訊《き》かれたくなさそうである。ならばこれ以上は訊くまい。またその段階《だんかい》でもない。

「それよりもだな」

世界は遠慮《えんりょ》がちに、

「わたしは貴殿のことが知りたい」

「俺のこと？」

「うむ。わたしは貴殿のことをあまり知らない。だから貴殿のことが知りたい」

「そっかー。俺のことかー」

「別によいであろう？　そもそも今の状況は不公平《ふこうへい》なのだ。貴殿はわたしのことをどんどん知っていくのに、わたしはそうではないのだから」

なるほどであった。

誰かのことを知りたいなら、自分のことを知ってもらうのが近道。関係《かんけい》を深めることはお互いを知ることとニアイコールだ。

「おしわかった。そんじゃ俺のことを教えよう」

「うむっ。ぜひ教えてほしい」

「つーわけで俺ん家《ち》に行こうか？」

「……へっ？」

きょとんとする世界。

優樹はさらに続けて、

「それがいちばん手っ取り早いだろ。俺ん家に来れば、俺のことは嫌でもいろいろわかるんだしさ。もちろん無理にとは言わない――」

「無理ではない！　行く！　すごく行きたい！」

「じゃあこれから行くか？」

「行く！」


……そういうことになった。

うっかり見落としていたけどこれはグッドアイデアだろう。お互いの理解《りかい》が深まるのはもちろん、脱・引きこもりの第一歩にもなる。まさに一石二鳥《いっせきにちょう》であり、デメリットも見当《あ》たらない。

ただ一点を除《のぞ》いては。

†

案《あん》の定《じょう》、妹はめちゃくちゃ不機嫌《ふきげん》だった。

「お引き取りください」

そして第一声がこれだった。

「今すぐ回れ右をして帰ってください。そして二度と姿を見せないでください」

「こらこら春子」

ぶんむくれた顔で毒《どく》を吐く妹を、優樹はたしなめる。

「お客さんに対してなんてこと言うんだ。もっと笑顔《えがお》で笑顔で」

「嫌です。わが桐島家には泥棒猫《どろぼうねこ》に愛想《あいそ》を振りまくしきたりはありませんので」

「まあそう言うなって」

桐島家のエントランスにて。

先ほどから兄妹《きょうだい》の押《お》し問答《もんどう》が続いている。

「とにかくお引き取りを」

なおも春子は一点張りで、

「そもそもいきなり押しかけるなんて非常識《ひじょうしき》です。百歩譲って我が家の敷居《しきい》をまたぐのを許すにしても、あらかじめひとことあってしかるべきでしょう」

「あらかじめひとこと言ったら、お前ぜったい反対《はんたい》するじゃん」

「当たり前です。この家に入っていい女性は桐島家の人間と、あとはせいぜいお手伝いのメイドぐらいです。それ以外《いがい》はお兄さまにまとわりつく害虫《がいちゅう》とみなして、即座《そくざ》に排除させていただきます」

「……ごめんな神鳴沢」

優樹は小声で声をかける。

「ウチの妹はいつもあんな感じだけど。俺がそばにいれば手を出さないから。そこは安心してくれ」

「だだだだいじょうぶだ」

世界はこくこくうなずいて、

「問題ないぞ優樹。わたしはぜんぜん怖《こわ》くない。さっきから貴殿の妹御《いもうとご》がわたしに殺意《さつい》を向けてきているが、わたしは気にしないぞ。うん。気にしない」

無理に笑顔を作った。

実際には作りきることができず、半泣きの顔をひきつらせるだけだったが。

「とにかくお引き取りください」

腕を組み、胸を反《そ》らして、妹は重《かさ》ねて繰《く》り返す。

頑《がん》として譲る気はないようだ。その姿はまさに仁王立《におうだ》ちである。

（ガンコだからなこいつは……）

優樹はため息をついた。

彼が則天武后《そくてんぶこう》の生まれ変わりだと確信《かくしん》しているこの妹は、桐島家における発言力がとても強い。今後のことも踏《ふ》まえると、今ここで妹を丸め込んでおきたい。

優樹は考えた。

そして一計《いっけい》を案じた。

「なあ春子」

「無駄《むだ》です。なんと言われようとわたしは首を縦《たて》に振りません」

「まあそうだよな。お前っていちど言ったことはぜったい曲げないもんな。そこがお前のいいところだもんな」

「ええそれがわたしのいいところですが。それが何か？」

「〝この家に入っていい女の条件《じょうけん》〟みたいなのをお前は言ってたけど。何だっけ」

「桐島家の人間と、あとはせいぜいお手伝いのメイドぐらいだ、と言いましたが。それが何か？」

「そうだよな。確《たし》かそう言ってたよな」

納得《なっとく》顔でうなずく優樹。

それからニッコリ笑って、

「メイドならいいんだよな？」

「はい？」

「メイドなら。いいんだよな？」

†

意外にも世界はノリノリであった。

「メイド服？　それはよいアイデアだ！」

「じつは一度着てみたかったのだ。メイド服はかわいいからな」

「これまでは着る機会《きかい》もなかったが、まさかこういうタイミングに恵《めぐ》まれるとは。さあ着てみよう。さっそく着てみよう」

探してみると、桐島家のメイドが使う服の予備《よび》がすぐに見つかった。

あとはあっという間の出来事《できごと》である。

クビになったおチヨさんに連絡《れんらく》すると、彼女はすぐさま飛んできて着替《きが》えを手伝った。春子にしてみれば後の祭《まつ》りである。あまりにもとんとん拍子《びょうし》に話が進んで、抗議《こうぎ》の口を挟《はさ》む間がない。

そんなこんなで。

モデルチェンジした神鳴沢世界のお披露目《ひろめ》となった。

「……はは あ。これはこれは」

「……むぐぬぅ」

「よくお似合《にあ》いでございましょう？」

優樹。

春子。

おチヨさん。

桐島家の応接間《おうせつま》にて、それぞれのコメントである。

「ほ、本当に似合うだろうか……？」

紺《こん》のロングワンピースに白いエプロン。正統派《せいとうは》のメイドスタイルに身を包《つつ》み、世界は照《て》れくさそうにもじもじしている。

「自信をお持ちくださいませ我《わ》が主《あるじ》」

おチヨさんは胸を張りながら、

「世界中の誰よりもお似合いですし、お美《うつく》しゅうございますよ。優樹様もそう思われますよ

ね？」

「ですね。すっごい似合ってますよね」

優樹がうなずき、おチヨさんはさらに胸を張って、

「春子さまもそう思われますよね？」

「……むぐぬぅ」

春子は苦虫《にがむし》を噛《か》み潰《つぶ》したような顔をした。

腹立《だ》たしいが認《みと》めざるを得ない、という様子《ようす》である。

「そ、そうか。似合っているか」

世界はむずがゆそうに目を細める。

スカートの部分《ぶぶん》をつまみ上げて、くるりと一回転してみせる。

えへへとはにかむ。

それらの仕草《しぐさ》のどれもが様《さま》になっている。

「うん。いいな。めちゃくちゃいい」

「我が主は何を着ても似合うということです」

「……むぐぬぅ」

優樹とおチヨさんは褒めちぎっているけど、春子だけは気に入らないようだ。

いらいらした様子で貧乏《びんぼう》ゆすりしながら、

「まだ喜《よろこ》ぶのは早いですよっ！」

世界に指を突きつける。

「百歩譲って我が家の敷居をまたぐのは許しますが、メイド服を着ているだけではメイドとは言えません。そうでしょう神鳴沢世界さん？」

「むぬ……？」

「メイドであるからには当然《とうぜん》、メイドの仕事をしてもらいます。まずはお茶くみからです。さあ早く！　Hurry up!」

「お茶くみか！」

世界は目を輝《かがや》かせて、

「一度やってみたかったのだ。ぜひわたしに任せてもらおう。――おチヨ！」

「はい我が主」

「よろしく頼むぞ。わたしにお茶のいれ方を教えてくれ」

「かしこまりました。――では春子さまのご命令《めいれい》をいただき、お茶をいれて参《まい》ります。当然、お台所《だいどころ》はお貸《か》しいただけますよね？」

ふたりのメイドは意気揚々《いきようよう》とお茶くみに向かった。

「ええい腹立たしい！」

ぼふんっ！

ソファに腰を沈《しず》め、春子は親指を噛みながら、

「次はどうやってイビってあげましょうか……とりあえず床《ゆか》の掃除《そうじ》でもさせましょうかね。それでホコリが一粒《ひとつぶ》でも落ちていたら、徹底的《てっていてき》に言葉責《ことばぜ》めしてやるんです。泣いてもぜったい許してあげません」

「こら春子。いいかげんにしとけよ？　お客さんだからなあいつは」

「招《まね》かれざる客に親切《しんせつ》にしてあげる筋合《すじあ》いはありません。というか何ですか、もうひとりのあのメイドは？　何食わぬ顔で我が家にあがりこんで、当たり前のようにメイドとして振る舞《ま》っていますけど」

「おチヨさんはああいう人だから。あまり気にするな」

「そのおチヨさんとやらもわたしは気に入りません。あの涼《すず》しい笑顔がムカつきます。なので彼女もついでにイビってあげましょう。メイドとしてどれほどの能力を持っているのか見極《みきわ》めてやります」

ニヤリ。

悪そうにくちびるをつり上げる春子だった。

「なあ春子」

「なんですか」

「なんか小姑《こじゅうとめ》っぽいぞお前」

「失礼な!?　わたしはまだ小学生です！」

そうこうしてる間に、世界とおチヨさんがふたたび姿を見せた。

スチールのワゴンにティーセット一式を乗せて運《はこ》んでくる。

アッサムかダージリンか。紅茶《こうちゃ》のよい香りがふんわりと。

「お待たせいたしました」

「お、お待たせいたしましたっ」

おチヨさんに続いて一礼《いちれい》する世界。

そしてちょっと危うい手つきでお茶をいれはじめる。

彼女ひとりではおぼつかないが、そばにプロのメイドがついている。最終的《さいしゅう》にはいい具合《ぐあい》にお茶の用意が整った。

アンティークのカップから立ち上《のぼ》る香ばしい湯気《ゆげ》。

脇《わき》を固《かた》めているいくつもの焼き菓子《やがし》が香りに華《はな》をそえている。

「……むぐぬぅ」

春子が口をへの字に曲げる。

優樹はカップに口をつけ、それからうなずいた。いつも春子と楽しんでいるお茶と比《くら》べてもぜんぜん負《ま》けてない。

「——いい葉《は》っぱを使ってるからです！」

春子がテーブルを叩《たた》きながらわめく。

「なにせ我が家のお茶は最高級品《さいこうきゅうひん》ですから！　誰がいれたっておいしいお茶になりますとも！　そうですよねお兄さま⁉」

「俺がいれたってこんなお茶にはならないよ。いいかげん認めなさい春子」

「嫌です！」

ぷいっ、とそっぽを向く春子だった。

「ごめんな神鳴沢」

優樹は苦笑いでフォローする、

「うちの妹は基本、こんな感じなんで。あんま気にしないでくれ」

「う、うむ。気にしないぞわたしは」

「ていうかいい感じだよお前のメイドっぷり。ちゃんとできてんじゃん」

「ほ、ほんとうかっ？」

「おう。ほんとだ」

「お茶はおいしかっただろうか？」

「うん。うまかった」

「そうか！」

世界の顔が、不安げなそれから喜びのそれへ変わった。

優樹は笑って親指を立ててやる。

おチヨさんは余裕の笑《え》みで鼻を高くする。

春子はわざと聞こえるように何度も舌打《したう》ちする。

（一歩前進かな？）

と優樹は納得する。

いろんなサポートがあったとはいえ、よそ様の家にお邪魔《じゃま》してそれなりに振る舞えたのは大きな収穫《しゅうかく》だろう。

あと少し、臆病な転校生の背中《せなか》を押す何かがあれば。ふたたび学校へ通うこともできると思うのだが。

「なあ春子」

めちゃくちゃ機嫌の悪そうな妹に声をかける。

「ついでと言っちゃなんだけど。ちょっと相談《そうだん》に乗ってくれないか」

「嫌です」

「そう言わず聞いてくれ。実はだな――」

世界が学校へ通えるようになる何かいい方法はないか？　優樹があれこれ提案《ていあん》してぜんぶダメだったテーマを、賢《かしこ》い妹に投《な》げてみたのだ。

もちろんダメ元である。

それ以前に、世界の手助けをするようなアイデアを今の妹に出してくれと言うのは、ちょっと虫が良すぎるというものだが、

「はぁん？　知りませんよそんなの」

案の定、春子はそっぽを向いた。

「わたしには関係のない話ですし、関係したいと思える話でもありません。お好きなようになさったらいいですよ。ただしわたしに関係のないところで」

「まあそう言わず。頼りにしてるんだから」

「おだてても無駄です。この件《けん》に関《かん》してはわたし、一生《いっしょう》やる気を出しません」

「まぁまぁそう言わず。頼むよ。な？」

拝《おが》み倒《たお》す優樹。

春子はそっぽを向きながら兄をじっとり睨《にら》んで、

「じゃあカツラでもかぶったらどうです？」

素《そ》っ気《け》なく言い捨《す》てる。

「そこの白髪女さんは悪目立ちするからどうにかしたい、でも白髪を染めるのは嫌だと言うのでしょう？　だったらカツラをかぶって隠せばいいんです。それが嫌なら帽子《ぼうし》でもかぶって隠すとか。これで簡単に解決《かいけつ》です」

「いやいや春子」

優樹は苦笑《くしょう》して、

「もっと真面目《まじめ》に考えてくれよ。それじゃあ髪を染めるのと大して変わらな――」

「それだ！」

世界が目を輝かせた。

「なるほどカツラか、それはいいアイデアだな！　帽子をかぶるのも悪くない。帽子はとてもおしゃれに見えるからな。どうだおチヨ？」

「大変よろしいと思います。学校にはわたしからひとこと言っておきます」

「カツラと帽子はすぐに用意できるか？」

「もちろんですとも」

「──だ、そうだぞ優樹！」

きらきらした目を優樹に向けて、

「これで問題は解決だな！　なんだかやれそうな気がしてきたから、さっそく明日にでもいっしょに行こう！　今回こそちゃんと学校へ行ってみせる！」

「あ。うん。そか。いやお前がいいならそれでいいけど」


……そういうことになった。

この段《だん》になってもまだ、優樹は神鳴沢世界のことを理解できていなかったらしい。とにかく彼女は一般の感覚からズレたところが、あちこちに見られるのだ。

（ま、とにかくこれで一歩前進か）

何にせよ準備《じゅんび》は整った。

春子は修復《しゅうふく》できないレベルでふくれっ面《つら》をしていたけど、人助けになったと思ってがまんしてもらおう。

神鳴沢世界が学校に通えるようになるまであと少し。

第五章

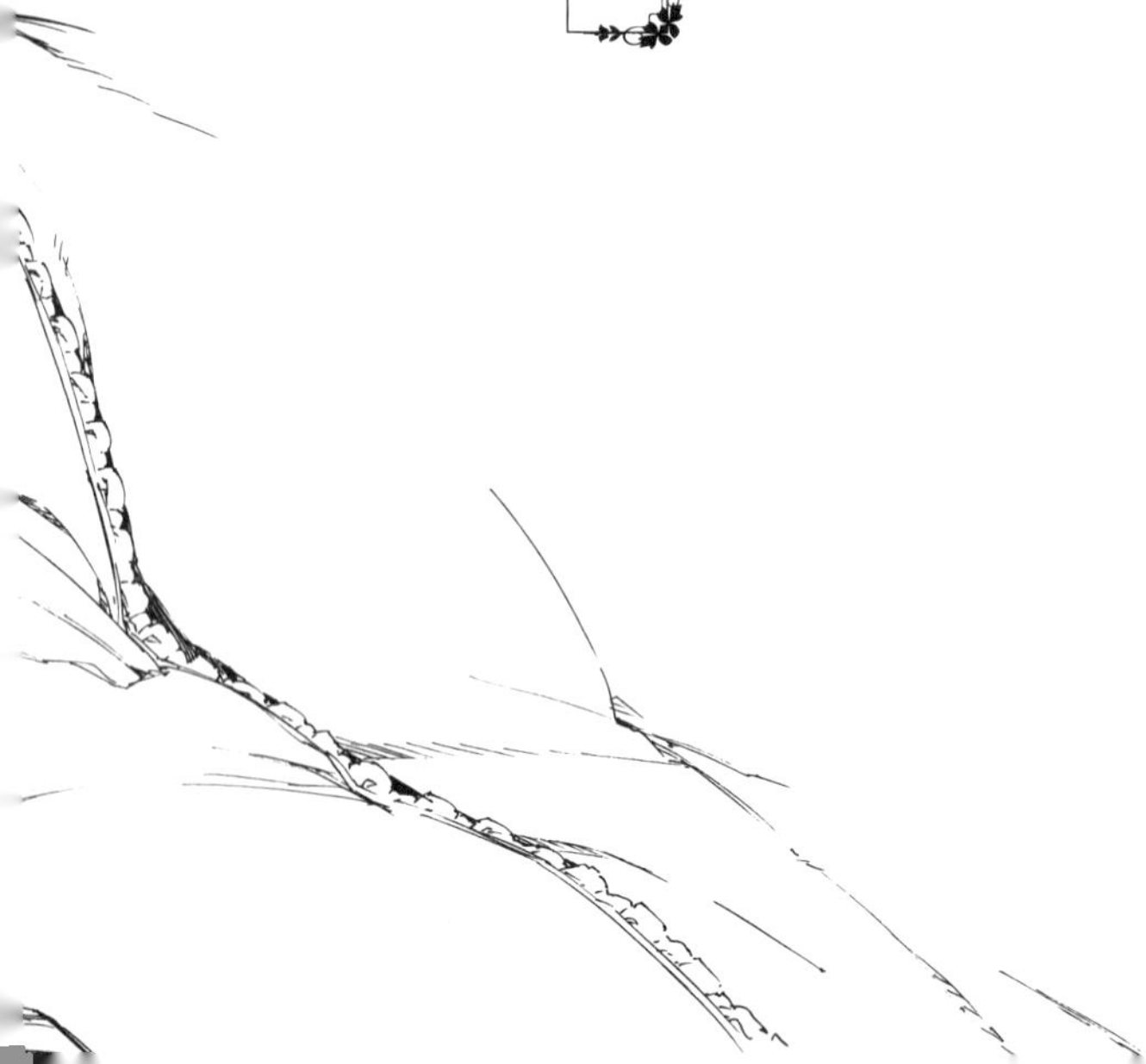

〝付《つ》き合《あ》う時間が長くなれば嫌《いや》でもわかってくるだろ〟

――という優樹《ゆうき》の予想《よそう》は当《あ》たっていた。

まだまだ理解《りかい》が足りないとはいえ、この頃《ころ》になると神鳴沢世界《かなるざわせかい》という転校生の素顔《すがお》が見えてきたように思う。

たとえば長年にわたって引きこもっていた間。

彼女《かのじょ》は屋敷《やしき》の中でひとり、何をしていたのか？

延々《えんえん》とネットでもやっていたのか？　それともマンガやアニメにでもハマっていたのか？

あるいはいっそ、酒《さけ》と葉巻《はまき》におぼれる生活《せいかつ》でも送っていたのか？

「いいやちがうよ」

世界は首を振《ふ》った。

そしてつまらなそうに言った。

「何をしていたのかと訊《き》かれればこう答えよう。寝《ね》ていたのだ」

「ははあ。寝てたと」

「そうだ。何もせずに寝ていた。一日中ベッドに寝転《ころ》んで、時間が過《す》ぎるのをじっと待《ま》っていた」

それから彼女はこう付け加えた。

「わたしはあまり身体《からだ》が強くないから」

†

とはいえ一日中ずっと寝ていられるものではない。

空《あ》いた時間は何をしているのかといえば、読書《どくしょ》にあてているのだという。

「いろいろな本を読むよ」

と世界は言う。

「あまり好《す》き嫌《きら》いはないな。おチヨが用意してくれたものの中から、なんとなく目に付いたものを選《えら》んでいる」

本のうちわけを聞いてみると、図鑑《ずかん》、博物誌《はくぶつし》、歴史書《れきししょ》、などが多《おお》かった。

それだけ聞《き》くと、なんだかとても頭がよさそうに見える。

「そうだろう？　わたしは頭がいいのだ」

と言って彼女は胸《むね》を張《は》った。

残念《ざんねん》ながらそういう言動《げんどう》をするから頭が悪《わる》そうに見えるのだが、そこは口にしないのが人情というものだろう。

老成《ろうせい》した雰囲気《ふんいき》と、それとは正反対《せいはんたい》の子供《こども》っぽさ。

どちらの面《めん》も同居《どうきょ》しているところが、神鳴沢世界の魅力《みりょく》なのだから。

†

いろいろな本を読むヤツは知識《ちしき》の幅《はば》が広い、と思われがちだが。神鳴沢世界に関《かん》してはその限《かぎ》りでない。

むしろ彼女の知識はとても偏《かたよ》っている。

たとえばカリブ海にあるマイナーな国の人口やら産業《さんぎょう》やらは知っているけど、国民の誰《だれ》もが名前ぐらいは聞いたことのあるアイドルグループを知らなかったりする。

「変なことたくさん知ってるよなあ、神鳴沢って」

「うむ。わたしは頭がいいからな」

「でも肝心《かんじん》なことは何も知らないよな」

「仕方《しかた》ないだろう？　わたしは引きこもりだったんだから」

「そんなんじゃ立派《りっぱ》な女子高生《じょしこうせい》になれんぞ」

「立派な女子高生になるためには」

世界は身を乗《の》り出して、

「どうすればいい？　教えてくれ」

「ひとことで言うのは無理《むり》だけどさ。たとえば女子高生ってやつはさ、休み時間になれば学校のトイレで化粧《けしょう》を直すもんだよな」

「そうなのか？　それは知らなかった」

「眉毛《まゆげ》の描《か》き方《かた》とか、ファンデの塗《ぬ》り方とか。そういうの知ってるヤツは、友だちを作りやすいだろうし、話もいろいろできるだろうな」

「なるほど。これはいいことを聞いた」

そうして翌日。

おチヨさんの手を借《か》りずに自《みずか》ら化粧をほどこした世界は、できそこないのなまはげみたいな姿《すがた》を披露《ひろう》して爆笑《ばくしょう》される、というオチがつくのだった。

†

こういうのもまた、彼女の魅力のひとつに数えられると優樹は思う。

神鳴沢世界が不器用《ぶきよう》なのは手先だけではない。とにかくあらゆることが不器用だった。

猫舌《ねこじた》でよく火傷《やけど》をする。

何もないところで転《ころ》ぶ。

ものを飲《の》む時よくこぼす。

靴《くつ》をひとりじゃはけない。

ふたつのことを同時にできない。

しゃべってる最中《さいちゅう》にしばしば舌を噛《か》む。

「我《わ》が主《あるじ》のあれはある意味《いみ》、才能《さいのう》ですから」

おチヨさんは『それが何か？』という顔で評《ひょう》したものである。

「不器用だからといって何ほどのことがあるでしょう。主人に足りないところがあれば、メイドがそれをフォローすればいいのです」

「そりゃまあそうかもしれませんけど」

「優樹様には何かご不満《ふまん》でも？」

「不満ってわけじゃないですが。神鳴沢が学校に通い始《はじ》めたら、あいつの足りないところは誰がフォローするんです？」

「あら。今さらその答えが必要《ひつよう》ですか？」

と言っておチヨさんはニッコリ笑《わら》った。

優樹もアハハと笑って返《かえ》した。

ニッコリ。

アハハ。

ニッコリ。

アハハ。

笑顔《えがお》のやり取りが何度も続《つづ》き、おチヨさんの視線《しせん》はずっと優樹に向けられたまま。

流れ的にはそれが自然《しぜん》なのかもと思いつつも、苦笑《にがわら》いは止められない優樹なのだった。

もっとも神鳴沢世界の不器用っぷりは、手先なんかよりも性格《せいかく》の方に強く表れていたのだが
——それを知るのはもう少し先のことになる。

†

「ふーんそっかー。ついに来るんだ神鳴沢さん」

私立叢雲学園高等部《しりつむらくもがくえんこうとうぶ》、三年A組の教室にて。

小岩井来海《こいわいくるみ》は宿題《しゆくだい》を広げながら感想《かんそう》を述《の》べた。

「優樹くんの努力《どりよく》がむくわれたね。おめでとうおめでとう」

「うぃーす。あざーっす」

放課後《ほうかご》の教室には学級委員《がっきゆういいん》のふたりだけ。

すっかり日が長くなった教室はまだ明るく、チア部が練習《れんしゆう》する元気なかけ声が中庭《なかにわ》からひびいてくる。

「たぶん明日には」

図書館《としよかん》で借りた本をめくりながら優樹は報告《ほうこく》する。

「学校に連《つ》れてこれると思う。今はいろいろ準備《じゆんび》をしてるところっぽい」

「準備って何の？」

「カツラとか帽子《ぼうし》とかのだろ」

「ははあ。なるほど」

返事《へんじ》をしながらも、来海は数式《すうしき》を解《と》くのにいそがしい。参考書《さんこうしよ》とにらめっこしながら首っ引《ぴ》きでかじりついている。

「何にしてもいいことよね。うんうん」

「あいつが学校に来たらよろしくしてやってな、小岩井さん」

「そねー。できるだけねー。そうしたいけどねー」

かきかき。

かきかき。

ノートの空欄《くうらん》が数字と記号《きごう》で埋《う》められていく。

優樹はチア部のかけ声をBGMに、ぺらぺら本をめくりながら、

「時間はかかると思うんだわ、たぶん間違《まちが》いなく」

「神鳴沢さんが学校になじむのに？」

「そそ。でもまあ、ゆっくりやってくしかないよな。あいつの浮《う》いてるっぷりは気合《きあい》入ってるからな。簡単《かんたん》にはいかないよな」

「でもさー優樹くん」

髪《かみ》をわしわし掻《か》きながら来海。

「あんまゆっくりしてる余裕《よゆう》はないかもよ？」

「え？　なんで？」

「んー」

しばしの沈黙《ちんもく》。

かりかりかりとノートに書き込む音がしばらく続いてから、

「そこはノーコメントってことにしときましょう」

「なんだそりゃ」

「なんていうかまー、いろいろあるってことですよー」

「よくわからんけど、言いにくそうにしてるのはわかる」

「わたしもねー、立場すっごい微妙《びみょう》なんだよねー」

ちょっとおどけた様子《ようす》で来海は言った。

もったいぶった感じで。

「でもまあ、わたしは優樹くんの味方《みかた》だから。そこは安心して？」

「お。うれしいこと言ってくれるね」

「そりゃあね。長い付き合いだし、助《たす》けてもらった借りもありますから」

「いやー。とっくにチャラだと思うけどなそれって。俺《おれ》の方こそ小岩井さんにすっげー助けてもらってるしさ」

「そんなことないよ。あの時ケンカしたせいで優樹くんだいぶ誤解《ごかい》されちゃったし。今でもわたしぐらいしか友だちいないわけだし。正直それってわたしのせいだし」

「いやいや。小岩井さんのせいってことはないだろ」

「てゆーか強すぎなんだよね優樹くん。しかも手加減《てかげん》が下手《へた》くそなんだよね」

「そこはハイ、すんません。完全《かんぜん》に俺が悪いです」

「なんにせよ優樹くんってさ。昔《むかし》から人のこと放《ほう》っておけないタイプだったよ」

ノートから顔を上げる。

窓《まど》の外に目を向けて懐《なつ》かしそうに語る。

「優樹くんのそういうところ、すっごくいいと思う。それに格好《かっこう》いいとも思う。だから誤解もされやすいけど、ついてく人はついていくんだよね。わたしもそうだし、妹さんもそうだろうし」

「うれしいこと言ってくれるねぇ」

「でも浮いてるっていう意味では、優樹くんも神鳴沢さんといっしょだからね？　優樹くんってわたし以外の人とはぜんぜん話さないし、仲良くもないんだからさ。そこは覚《おぼ》えとくよーに」

「…………」

ぽりぽり頬《ほお》をかく優樹。

天井《てんじょう》を見上げ、来海といっしょに窓の外に視線を向けてから、

「なあ小岩井さん」

「なあに？」

「言おうかどうか迷《まよ》ったんだけどさ。やっぱ言った方がいいかなと思って」

「長いつきあいでしょ、わたしと優樹くんは」

優樹に向き直り、姿勢《しせい》を正して。

来海は神妙《しんみょう》にうなずく。

「言って。なんでも。ちゃんと真面目《まじめ》に答えるから。誠心誠意《せいしんせいい》」

「……了解《りょうかい》。じゃあ言わせてもらうけど」

そこから少しためを作って。

優樹もまた姿勢を正し、神妙な顔を作ってから。

来海のノートを指さしてこう具申《ぐしん》した。

「そこ、XじゃなくてYじゃないかな」

「…………」

来海が眉間《みけん》にしわを寄《よ》せる。

それからノートに目を走らせ、何度も検討《けんとう》してから、

「優樹くん」

「なんでしょ」

「優樹くんのそういうところ、わたしちょっとキライです」

「言うと思った」

優樹はニマッと笑って、

「俺って誤解されやすいんだよな」

†

翌日。

優樹は宣言《せんげん》どおり、世界を連れて学校へやってきた。

時刻《じこく》は午前十時を少し回ったところ。完全に遅刻《ちこく》である。

「まあ気にすんな」

誰もいない校門前に並《なら》んで立って。

優樹は初《はつ》登校に成功《せいこう》した同級生をなぐさめる。

「ここまでたどり着いただけでもすげえ前進だ。ぜんぜんいけてる。だから泣《な》かなくていいってマジで」

「ううう……」

泣き虫な同級生は早くもべそをかいていた。

「すまぬなあ優樹。わたしはいつもこんな感じで……ぐすっ」

「いやいや気にすんなって。ここまで自分の足で歩いて来れたんだからさ。だいぶ休み休みだったけど」

「初《はじ》めから車で来るべきだったのだ、こんなに遅《おく》れてしまうぐらいなら。だけどわたしがわがままを言ったから……」

「いやいや。車で来ると変に目立ったりするかもだしさ。それにどうせなら自分の足で歩いて行きたい、って言ってたわけじゃん神鳴沢は。だからいいんだよ遅刻ぐらい」

「だけどそのせいで貴殿《きでん》も遅刻を……」

「別にいいって遅刻するぐらい。気にすんなって」

「うう……」

なぐさめの効果《こうか》もなく、ぽろぽろ涙《なみだ》をこぼす世界だった。

(こいつはこの先もこんな感じなのかねえ……)

さすがに心配《しんぱい》になってくる。

黒髪《くろかみ》ロングのウィッグの上にベレー帽《ぼう》をのせるという、意味があるのかどうかわからない二重の対策をして今日を迎《むか》えた彼女だけど。このままだとせっかくの気合も空回りしてしまいそうな気が。

（まあでもいいか）

　優樹は気持ちを切り替《か》える。

（なんせ可愛《かわい》いからなこいつは！）

　そう。神鳴沢世界は可愛い。

　黒髪もベレー帽も制服もひたすらよく似合っている。

　人間、なんだかんだで大事《だいじ》なのは見た目である。その点をクリアしてる彼女が学校なりクラスなりで受《う》け入れられる可能性《かのうせい》は、決して低くないはずだ。

　きっかけさえ掴《つか》めればなんとかなる。たぶん。

「そんじゃ行くか神鳴沢」

　とん、と背中《せなか》を叩《たた》きながらうながす。

「とにかく普通《ふつう》にしてりゃいいから普通に。変にやる気出さんでいいから。お前は黙《だま》ってりゃ可愛いんだから大丈夫《だいじょうぶ》だ」

「そ、そうか？　わたしは可愛いのか。そうか」

「ばっちり転校デビューを決めようとか、そういうのは考《かんが》えなくていい。とりあえずマイナスさえなけりゃいいんだからな」

「うむわかった。余計《よけい》なことは考えない」

「あと俺からのフォローはあまり期待《きたい》するな」

「わかった。期待しない」

「よし」

うなずくと同時にチャイムが鳴《な》る。

一時間目の授業《じゅぎょう》が終《お》わった合図だ。


授業合間の休憩《きゅうけい》時間。

廊下《ろうか》を歩く優樹と世界のコンビは、すでに浮いていた。

銀髪《ぎんぱつ》は隠《かく》しているし、普通に制服も着ている。特におかしな行動《こうどう》をしてるわけでもない。

にもかかわらず、神鳴沢世界という存在《そんざい》はとにかく目立つ。

好意的《こういてき》なものにせよ、その逆《ぎゃく》にせよ。視線を集めずにはいられない。そういうオーラを彼女は持っている。

「うう……」

そして彼女はすでに半泣きだった。

道行く途中《とちゅう》（特に電車《でんしゃ》の中とか）でも同じ状況《じょうきょう》にさらされていたが。目指《めざ》してきた地に身を置いているとあって、ますます涙腺《るいせん》が弱くなっているのだろう。

できるだけ好奇《こうき》の視線から世界をかばうように歩きつつ、教室へ向かう。

三年A組のドアをくぐると、真っ先に小岩井来海と目が合った。

「ちょっと優樹くーん?」

「おす。おはよ」

「おすおはよ、じゃないよ。思いっきり遅刻じゃん。しっかりしろー学級委員」

「ごめんごめん」

学級委員コンビのやり取りを、他のクラスメイトたちは黙って見守っている。

遠巻きにしている連中も、ついさっきまで来海と笑顔でおしゃべりしていたグループも。せいぜいあいまいな微笑《びしょう》を作るだけで会話に絡《から》んでくることもなく、あいさつをしてくることさえなく。

これが桐島《きりしま》優樹のクラス内における立ち位置なのだ、といえばそれまでだけど。クラスメイトたちの中途半端《ちゅうとはんぱ》さ加減《かげん》には、今日は別の理由《りゆう》があった。

「や。ども。おはよ」

来海が世界に声をかける。

軽く手を挙《あ》げて、まずは様子見で、という感じで。

「お」

対する世界は、

「お、お、お、おは、おは」

真っ赤になって口ごもっていた。

うつむき、両手をもじもじさせて、

「……あう」

けっきょくは何も言えずじまい。

来海は『にこっ』と笑って軽く流し、友人たちとの会話に戻《もど》っていく。

同時、微妙だった空気がやわらいで、教室に談笑の雰囲気が戻ってきた。

（サンキュー小岩井さん）

心の中で礼を言う優樹。

触《ふ》れつつも深《ふか》入りせず。このあたりの立ち回りはさすがである。

おかげでさしあたり、のっけから世界が孤立《こりつ》してしまう流れは避《さ》けられた。第一段階《だんかい》はクリアと言っていいだろう。

「神鳴沢」

「う、うむ？」

「お前の席そこな。俺のとなり」

「う、うむ。わかったっ」

こくこくうなずいて。

世界はぎくしゃくした動きで示《しめ》された席のそばに立つ。

それぞれに時間を過ごしながらも、クラスメイトたちがそれとなく注目している。

優樹も自分の席につき、世界の様子をうかがったのだが。

「………………」

彼女は困《こま》り顔で突《つ》っ立っていた。

そのまましばし直立して途方《とほう》に暮《く》れて、

「うう……ここからどうすればいいのだ？」

涙目で優樹を見てきた。

そこからかよ！

と天を仰《あお》ぎつつ近づいて、

「ええとだな。とりあえず教科書とか持ってきてるだろ？　それを机《つくえ》の中に入れて」

「こ、こうか？」

「んで次の授業は古文《こぶん》だから。その教科書を机の上に出す」

「こ、これでいいのか？」

「あとは座《すわ》って待つ。そのうち授業が始まるから」

「う、うむ。わかった」

世界は何度もうなずいて。

やたらと背筋《せすじ》をのばして待機《たいき》する。

その顔は緊張《きんちょう》まるだしで、見てる優樹の方がハラハラしてくる。

きーんこーんかーんこーん。

タイミングよくチャイムが鳴り、古文の教師《きょうし》が教室に入ってくる。


第一弾《だん》の授業は無事《ぶじ》に終わった。

初老《しょろう》の担当《たんとう》教師は空気の読める男だったから、初顔の生徒をあえて指名《しめい》することもなかったし、いっさい話題《わだい》にすることもなかった。ありがたいことである。黒板《こくばん》に答えを書け、なんて指名されようものならぜったいトラブルになっただろう。

きーんこーんかーんこーん。

チャイムが鳴って古文の教師が教室を出、生徒たちがぞろぞろ立ち上がった。

次の授業は体育《たいいく》である。

「神鳴沢」

周《まわ》りをうかがってきょろきょろしている世界へ、

「着替《きが》えまではついていってやれんから。なんとか上手《うま》くやってくれ」

「う、うむ。わかった」

「つーか体育の授業なんて受けられるのか？　身体弱いよなお前？」

「できるだけがんばってみたい」

世界は決意《けつい》のこもった声で、

「運動《うんどう》は無理だろうが、せっかくだから着替えるだけでも」

「了解。――つーわけで小岩井さん」

「ういうい」

「お願《ねが》いできるかな？　神鳴沢のこと」

「ほいさー。……そんじゃ神鳴沢さんこっちきて。更衣室《こういしつ》まで連れてくから」

学級委員の背中についていく世界を、優樹はただ見守るしかない。

（まあだいじょうぶだろ）

自分も体育の準備をしながら優樹は思う。

（さっきの授業もとりあえずクリアできたし。あんまり心配《しんぱい》しすぎてもあいつのためにならんしな）

そうしてわずか十分後。

優樹の耳に飛《と》び込んできたのは、ぶっ倒《たお》れた神鳴沢世界が保健室《ほけんしつ》に運ばれたという一報《いっぽう》だった。

†

「……すまぬなあ優樹よ」

保健室のパイプベッドで横《よこ》になって。

世界は眉《まゆ》をハの字にして謝《あやま》った。

「大きな口を叩いておいて、けっきょくはこんなことになってしまった。面目《めんぼく》ない」

「いやいや気にすんな」

むしろ優樹の方が謝りたいくらいだった。

病弱な転校生の限界《げんかい》がどこにあるのか見極《みきわ》められなかった自分のミスだ——と考えるのは間違っているだろうか？

それに来海から聞いたところによると、世界は更衣室で、特に前触《まえぶ》れもなくあっさり倒れたという。前もって予測《よそく》するのは難《むずか》しかっただろう。

「ちょっと厳《きび》しいよなあ」

頭を掻きながら優樹はボヤく。

「これじゃあ普通に学校生活を送るのは無理があるよな。やっぱお前を学校に連れてくるのはマズったかなー」

「そんなことはないぞ優樹よ」

世界は首を振って、

「自分の身体がどういう状態《じょうたい》なのか、わたしはわかっているつもりだ。その上で普通に学校に通いたいと言っていて、そのワガママに貴殿は付き合ってくれている」

「うーん。つってもなー……」

「それにわたしは楽《たの》しいぞ?」

はにかんで、

「学校に来て、みんなといっしょに授業を受けて。とても充実《じゅうじつ》した気持ちだ。これもすべて優樹のおかげだよ。貴殿が助けてくれたから、わたしはここに居《い》られる」

「そっか。そう言ってくれるとありがたいな」

「新しい発見もたくさんあったよ」

「発見？」

「貴殿は、クラスのみんなとあまり仲良《なかよ》くできていないのだな」

「…………」

「貴殿と会話を交《か》わしていたのはひとりだけだった。他《ほか》の者たちはみな、貴殿を苦手《にがて》にしているように見えた」

心配そうな顔をする世界。

お前に心配されるのも何だかな、と苦笑《くしょう》しながら優樹は説明《せつめい》する。

「まあなんつーか。いろいろあるんだよ」

「いろいろとは？」

「まず第一に、俺の家ってけっこうでっかい会社をやってるんだな。これだけでもまあ、いろんなところで浮く」

「他には？」

「ついつい人を殴《なぐ》っちまうことが、何度かあってさ」

「貴殿は人を殴るのが好きなのか？」

「んなわけねー。たまたまそういう場面に出くわすことがあったんだよ。それでまあなんつーか、誤解されちまった的な」

「誤解を解かなくていいのか？」

「解けるものなら解きたいけどな。一度レッテルを貼《は》られちまうと難しいんだよな。俺、あんま目つきとかもよくないし」

「……そうか」

ため息《いき》をつき、しかめっ面《つら》をする世界。

「世の中むつかしいのだな。わたしが想像《そうぞう》している以上に」

その顔はまるで、世の中の矛盾《むじゅん》に生まれて初めて突き当たった子供みたいで。なんだか妙《みょう》におかしい。

「まあ俺のことはどうでもよくてだな」

話の流れを戻して、

「今日はどうする？　とりあえず家に帰っとくか？」

「……できればもう少し長く学校にいたいのだが」

「別に今日じゃなくてもいいだろ？　学校にちゃんと通うつもりがあるんなら、明日も明後日《あさって》も学校に来るんだからさ」

「ふむ」

しばらく考えてから世界はうなずき、

「わかった。貴殿の言うことを聞く。今日はおとなしく休むとしよう」

そんなこんなで。

神鳴沢世界の二度目の登校は、二時間目の途中でリタイアとなった。

悲観《ひかん》することはないと優樹は思う。

むしろ格段《かくだん》の進歩だろう。だいぶ手は掛《か》かったものの、この段階まで来ればこっちのものだ。もしまた引きこもりに戻ってしまっても復帰《ふっき》の手順《てじゅん》はなんとなく見える。行きたくないとぐずっても勝算《しょうさん》は思いつく。

もちろんただ学校に来るだけじゃダメだ。

ちゃんと授業を受けて、学校行事に参加《さんか》して、クラスメイトたちと打ち解けて。それでようやく世界は前進できる。本当の意味で。

（……って、人のこと言ってる場合じゃないよな）

そこまで考えて優樹は失笑《しっしょう》した。

今の自分の立場で何が言えるのか、という話である。

（俺もちょっとは変わっていかないと……か）

小岩井来海がいて、妹の春子《はるこ》がいて。優樹の人間関係《かんけい》は十分に賑《にぎ》やかで、満足もしているけど。〝師匠《ししょう》〟の立場としては〝弟子《でし》〟にみっともないところは見せられないから。

†

翌朝。

登校すると上履《うわば》きがなくなっていた。

優樹のではない。神鳴沢世界のである。

（マジか……）

何度も目を疑《うたが》った。

疑うだけじゃなく何度も目をこすった。

だけど現実《げんじつ》は変わらない。ほとんど新品だった真《ま》っ白《しろ》い上履きは、影も形もなく消えてしまっている。

（誰かが間違えて持っていった——？）

ということもなさそうだ。

世界の上下左右のスペースはすべて空《から》っぽになっている。うっかりミスでどこかのおっちょこちょいが履いていったとすれば、余《あま》っている上履きが残っているはず。

（神鳴沢の方が間違えた？　別のスペースに上履きを入れちまったとか――）

それも考えづらい。

彼女はいま、優樹のとなりにいて、優樹と同じ方向に視線をやり、ポカンとしている。状況を理解して、その上で呆然《ぼうぜん》としているのが見て取れる。

となれば答えはひとつしかない。

誰かが持ち去ったのだ。世界の上履きを。意図的《いとてき》に。

（なんでだ？）

優樹はくちびるを噛む。

こんな仕打《しう》ちを受ける理由はないはずだ。彼女は何もしていない。久しぶりに学校に来て授業を受けようとして、途中で体調《たいちょう》を悪くして家に帰った、ただそれだけ。恨《うら》まれるようなことは何もないはず。

なのに何故《なぜ》？

せっかく学校に来れるようになったのに。

これじゃあまた引きこもりに戻って――

「あーっと。えーとな神鳴沢」

キレそうになってる場合じゃない。

神鳴沢世界は繊細《せんさい》なヤツだ。

駅までの道のりが長いと言っては泣き、通勤《つうきん》ラッシュの電車ですし詰《づ》めになっては泣き、コンビニの缶《かん》コーヒーを飲んでは泣くようなヤツだ。

ここは何としてもフォローしなければ。

上履きを隠すという、半笑《はんわら》いするほど古典《こてん》的で工夫《くふう》のない嫌《いや》がらせでも、世界にはてきめんに効《き》いてしまう。

「とりあえず落ち着け。心配すんな。これはたぶん何かの間違」

「優樹」

固《かた》まっていた世界が不意《ふい》に声を上げた。

その小さな声はしかし、妙に人を引きつけるものがあって。周りにいた生徒たちが何人も振り返る。優樹も心拍数《しんぱくすう》をあげながら振り返る。

そうして彼が見たものは。

くしゃくしゃに顔をゆがませ、ぼろぼろ涙をこぼしている神鳴沢世界の姿――ではなかった。

「優樹っ」

笑っていた。

神鳴沢世界は笑っていた。

決して無理に作った表情《ひょうじょう》ではない。

それどころか彼女は目を輝《かがや》かせて、

「わたしは今、とても感動《かんどう》している」

と言った。

優樹は「……はい？」という顔をした。

「感動したのだよ優樹、わたしは。心を動かされたのだとても」

同じ意味のことをくりかえす世界。

だけど優樹はやっぱり「……なんで？」と首をかしげるしかなく。

世界は物わかりの悪い生徒をじれったがる教師みたいに、身振り手振りを交《まじ》えて、

「見よ優樹。わたしの上履きがない」

「お、おう。らしいな」

「誰かがわたしの上履きを隠したのだ」

「まあ。そうかもな」

「つまりこれは、いわゆるいじめだ」

「いや、まだそうと決まったわけじゃないから。だから落ち込まなくていい――」

「わたしはとてもうれしい」

……やっぱり意味がわからない。

1＋1＝3だと真顔で答えられているような。

地動説《ちどうせつ》を信じて疑わなかったのに、真実は天動説《てんどうせつ》だと諭《さと》されているような。

「えーっとだな神鳴沢」

優樹はおずおず聞いてみた。

「もしかしてひょっとして、お前がいじめられてるとして。なんでそれがうれしいんだ？　いじめられてるってことは、お前は誰かから嫌われてるってことだろ？　それもけっこうな感じで嫌われてるわけだろ？　うれしくないだろ普通は」

「そんなの決まっているではないか」

むしろ不思議《ふしぎ》そうな顔さえして。

世界はこう教えてくれた。

「なんだか〝生きてる〟って感じがするからだ」

「はあ」

「わたしが学校に来て、それを気に入らない誰かがいた。結果《けっか》として上履きがなくなった。わたしとその誰かが関《かか》わったという事実が、具体的《ぐたいてき》な形になって目の前に現れているんだ。これがうれしくなくて何だというのだ？」

「ははあ」

まったく想像しない角度《かくど》から飛んできた変化球《へんかきゅう》。

優樹にとってはそんな感じの発言だったけど。世界のほんとうにうれしそうな顔を見ると、それはそれでアリなのかとも思えてきた。

「まあそうか。お前って引きこもりだったもんな。かなりマジな感じの」

「うむ。そうなのだ」

「そこから考えると――そうか、なるほどなあ。そういう考え方になったりもするのか」

「うむ。そういうことなのだ」

「だけどさお前」

優樹はジト目で指摘《してき》する。

「上履きなしで今日一日どうすんだ。足の裏《うら》が汚《よご》れるし、それに痛《いた》いだろうし」

「汚れるくらいは構《かま》わない。痛いのだってがまんできる」

「ひとりだけ裸足《はだし》なのはけっこう浮くぜ？　それにいじめられてることもバレるぜ？　バレたらクラスのやつらと仲良くできんぞ？」

「ぜんぜん構わない。『仲良くできない』というのもまた、人と人との関わり合いの形だ。引きこもりのわたしにはうれしいことだ」

にへへ、でへへ。

世界はうれしそうに笑っている。笑っているというかニヤけている。

(本気で言ってる――んだろうなあ、これって。やっぱ)

おどろきだった。

まさかこの状況を、こんな風《ふう》に受け取るヤツがいるなんて。

「えーと。じゃあどうする?」

「どうするとは?」

「今日はこのまま家に帰ってもいいんじゃね? こういうことがあったんだからさ、先生に報告したりとか。いろいろ手を打っておいた方がいいんじゃないか、っていう」

「その必要はない」

世界は強く首を振った。

「そんなことをわたしは望《のぞ》まない。今のままでわたしはいい」

「いやでも――」

「さあ行こう優樹。ぐだぐだしていると遅刻してしまうぞ?」

そう言って、彼女は上履きなしで廊下を進んでゆくのだった。意気揚々《いきようよう》と。

結果、世界は三時間目の途中で早退《そうたい》した。

原因《げんいん》はいつもと同じ体調不良《ふりょう》だった。上履きの件は関係ない。保健室のベッドに寝そべってレフェリーストップの声を聞く彼女はとても残念そうで、強がったり無理をしてるようにはぜんぜん見えないのだった。

（変なやつだ）

優樹はあらためてそう思った。

世界と関わっていると、世の中のことがいろんな切り口で見えてくる気がする。

彼女の魅力は、何よりもそういうところに表れているのかもしれない。

第六章

その後、神鳴沢世界《かなるざわせかい》に対する嫌《いや》がらせは一時、収《おさ》まった。

問題《もんだい》が解決《かいけつ》したからではない。立て続《つづ》けの無理《むり》がよくなかったのか、彼女《かのじょ》が本格的《ほんかくてき》に体調《たいちょう》を崩《くず》してしまい、学校に来れなくなってしまったからだ。

居《い》ない人間には嫌がらせもできない。

五月の終わりから六月にかけての間、のんべんだらりと状況《じょうきょう》が過《す》ぎた。たまに神鳴沢家をお見舞《みま》いするし、世界もよろこんではくれるけど、体調の悪《わる》い相手《あいて》をそうそう邪魔《じゃま》するわけにはいかない。上履《うわば》き隠《かく》しの犯人《はんにん》も探《さが》してみたものの、確乎《かっこ》たる証拠《しょうこ》は何もつかめないままだ。

春子《はるこ》とじゃれ合い、来海《くるみ》と放課後《ほうかご》を過ごし、じめじめした雨がいつまでたっても止《や》まない日々がつづいて——そうしてふいに晴れ間がのぞいたとある日。

何日かぶりに神鳴沢家を訪《おとず》れた優樹《ゆうき》に、メイドのおチヨさんがこう言ったのである。

†

「我《わ》が主《あるじ》とデートしていただけませんか」

部屋《へや》には世界と、優樹と、おチヨさんがいた。

「うぃっす。了解《りょうかい》っす」

優樹はすぐにうなずいて、

「いつがいいですか？」

「我が主は近ごろいくぶん体調がよろしゅうございますので。なんでしたら今日これからすぐにでもいかがでしょう」

「いきなりっすね。でもはい、いいっすよ全然《ぜんぜん》」

「デートコースはどのようにいたしましょう？　差し支《つか》えなければわたしの方で用意いたしますが。お店の予約《よやく》ですとか」

「いや、だいじょうぶっす。何か考《かんが》えます。神鳴沢といっしょに」

「かしこまりました。――というわけで我が主」

笑顔《えがお》を向けて、

「段取《だんど》りが整《ととの》いましたので。どうぞ行ってらっしゃいませ」

「…………」

世界はポカンとしていた。

寝間着《ねまき》を着て、ベッドから半身《はんしん》を起こして、読みかけの本を開いたまま。いったい何が起きているのかわからない、という顔で。

「……いや。ん？　え？」

眉間《みけん》を指《ゆび》でもみほぐしながら、

「なあおチヨ」

「何でございましょう」

「わたしの勘違《かんちが》いでなければだ。わたしのまったくあずかり知らぬところで、わたしの大事《だいじ》な未来《みらい》が決められてしまったようなのだが。気のせいだろうか？」

「はい。お気のせいでございますよ」

にこりと微笑《ほほえ》んだ。

「ふむふむ。そうかそうか」

世界もまた微笑み返《かえ》して、

「状況を確認《かくにん》するとだな。わたしがまったく口を挟《はさ》まない状況で、おチヨと優樹が会話を交《か》わして、わたしと優樹がデートすることになった——その解釈《かいしゃく》で間違《まちが》いないか？」

「はい。間違いございません」

「わたしの勘違いでなければだ。わたしのまったくあずかり知らぬところで、わたしの大事な未来が決められてしまったようなのだが。気のせいだろうか？」

「はい。お気のせいでございますよ」

「ふむふむ。そうかそうか。気のせいか」

何度もうなずき、読みかけの本に戻《もど》ろうとして、

「――って、そんなわけあるかー！」

掛《か》け布団《ぶとん》ごと本をひっくり返した。

「ぜったいおかしい！　気のせいなんかじゃない！　わたしはだまされている！」

「落ち着いてくださいませ我が主」

「これが落ち着いていられるか！」

顔を赤くし、両手をぶんぶん振《ふ》って抗議《こうぎ》する世界。

一方おチヨさんは冷静《れいせい》に、

「すると我が主はお嫌だとおっしゃるのですね。こうしてヒマを見つけては様子《ようす》を見に来てくださる優樹様とデートするのが」

「そ、そういうわけではない！」

「我が主にとってほとんど唯《ただ》ひとり、親《した》しい間柄《あいだがら》といえる優樹様は、デートするに値《あたい》しない相手だと。そうおっしゃるのですね」

「だからそういうわけではないと――」

「申《もう》し訳《わけ》ございません優樹様」

優樹に向き直って深々《ふかぶか》と頭を下げるおチヨさん。

「我が主が嫌だとおっしゃいますので。今回の話はなかったことに」

「うーんそっすか。しょうがないっすね」

「こちらから話を振っておきながらこの有様《ありさま》、まことに申し訳なく。どのようなお叱《しか》りも甘んじてお受けします」

「いやいや。フラれたこっちが悪いんですから。俺って目つきも悪いし、すぐ揉《も》めごと起こすし、ろくな男じゃないっすからね。むしろフラれて当然《とうぜん》でしょう」

「そこでもしよろしければ、ですが。わたしの方から手頃《てごろ》な女性をみつくろって、ご紹介《しょうかい》させていただくわけには参《まい》りませんでしょうか。お詫《わ》び代わりに」

「え。いいんすか？」

「もちろんですとも。十人でも百人でも紹介いたします。合コンの形にも一対一の形にもできます。お望《のぞ》みでしたら今すぐにでも手配《てはい》を――」

「だーかーらーッ！」

世界が悲鳴《ひめい》を上げた。

すでに半泣《はんな》きである。

「わたしの話を聞け！　嫌だとは言ってない！　する！　デートする！」

「いえいえ我が主。どうかご無理をなさらず」

「無理などしていない！　よろこんでする！　今すぐする！　準備《じゅんび》をするから少し時間をもらいたい！」

†

「……それにしてもおチヨさん」

世界の部屋を出て、屋敷《やしき》の応接間《おうせつま》でくつろぎながら。

澄《す》ました顔でお茶をすするメイドさんへ、優樹は皮肉《ひにく》の針《はり》を刺《さ》す。

「いきなり剛速球《ごうそっきゅう》をブン投げてきましたよね」

「と、いいますと？」

「もちろんわかってるつもりですよ俺は。あいつは可愛《かわい》いです。神鳴沢世界はとにかく可愛いですよね。シャレにならんくらい可愛い」

「はい。その通りです」

「見た目も可愛いし、仕草《しぐさ》も可愛いし、考えてることも可愛い。可愛いものだけで構成《こうせい》されている可愛いモンスターです。なんなら結婚《けっこん》したいと思うぐらいです」

「優樹様はよくわかっておいでで」

「でもですね」

眉《まゆ》をハの字にして、

「いきなりデートしろとか言われますと。さすがに心臓《しんぞう》が止まるかと思いました」

「そのわりには」

ティーカップをテーブルに置き、にっこり微笑んで、

「優樹様はすぐにオーケーなさっておりましたが」

「そりゃね。あそこで口ごもるわけにはいかんでしょ男として」

「よい気構《きがま》えをお持ちです」

「でもまあ実際《じっさい》には頭の中真《ま》っ白《しろ》だったんで。ああいうサプライズをやる時は、今度から事前に言っといてください。マジで」

「申し訳ございませんが」

小首をかしげ、人差し指をほっぺにやりながら、

「ご要望《ようぼう》にお応《こた》えすることはできません。わたしはひねくれた性格《せいかく》をしておりますので、今後ともこのような形でサプライズを企《たくら》んでいきたいと存じます。そして我が主の可愛らしい姿《すがた》をこれからも堪能《たんのう》していきます」

「ははあ。そですか」

「むしろしゃぶりつくします。骨《ほね》の髄《ずい》まで」

「ははあ」

笑うしかない優樹だった。

ここまでぬけぬけと言われてしまっては、という感じである。

「万一の場合にそなえて」

おチヨさんはお茶のお代わりをいれながら、

「デートの最中《さいちゆう》は常《つね》に様子をうかがっておりますので。気兼《きが》ねなくお遊《あそ》びいただき、我が主を楽《たの》しませてくださいませ。また何かお困《こま》りの際《さい》は、いつでも連絡《れんらく》をいただきますよう。すぐに駆《か》けつけますから」

「至《いた》れり尽《つ》くせりで恐縮《きようしゆく》です」

優樹は深《ふか》く頭を下げた。

もちろん皮肉のつもりで。

「それで」

と優樹、

「いったい何をさせたいんです」

「といいますと？」

「俺と神鳴沢をデートさせて何になるのか、ってことです。どんな結果《けっか》になればおチヨさんは満足ですか？」

「なにか勘違いをされているようですが」

紅茶《こうちゃ》の香《かお》りを楽しみながら、

「わたしは別に悪巧《わるだく》みをしているわけではありませんよ。わたしが欲《ほっ》しているものはとてもシンプルで、そして永久不変《えいきゅうふへん》のものです。今も昔《むかし》もずっと同じものを求《もと》め続けているのです」

「いったい何を？」

「我が主の幸《しあわ》せです」

梅雨《つゆ》の晴れ間の穏《おだ》やかな日だった。

庭《にわ》の木々は雨をたっぷり吸《す》って緑《みどり》あざやか。雲《くも》の隙間《すきま》から差す陽光《ようこう》を受けて、あじさいの紫《むらさき》が目にまぶしい。

「ご存じのとおり、我が主はとても魅力《みりょく》的な方です。素直《すなお》で、心が清《きよ》らかで、なによりとても美しい。そんなお方にわたしは、できるだけいい思いをしていただきたい」

金紅色《きんこうしょく》の液体《えきたい》に視線《しせん》を落とし、

「わたしの望みはそれだけです。他には何も要《い》りません」

†

世界は学校の制服を着て登場した。

斜《なな》め上の発想《はっそう》、とは言うまい。あれこれ悩《なや》んで思考《しこう》が何周もしたあげく、こういうファッションに行き着いたのは想像がつく。

「ど、どうだろうか……？」

不安げな顔で彼女は訊《き》いてきた。

正直に言えばどうだも何もないのだが、そこは優樹だって男である。笑ってちゃんとこう答えた。

「おう。似合《にあ》ってるよ」

「そ、そうか？　うむ。ならばいい。うむ」

「体調はどうだ？」

「悪くない。むしろ今この瞬間《しゅんかん》はとても気分がいい」

「調子《ちょうし》が悪くなったら言えよ？　無理はすんな」

「うむ。無理はしない」

「ホントに無理すんなよ？　約束《やくそく》だぞ？」

「心配《しんぱい》はいらない。自慢《じまん》ではないが、わたしは学校へ行けば必《かなら》ず午前中には早退《そうたい》しているだろう?」

その通りだった。

優樹は笑って、

「そんじゃまあ行こうか。とりあえず」

「うむ。行こう」

「でもって歩きながら考えようぜ。どこに行くのかとか、何をするのかとか」

「うむ。そうしよう」

神鳴沢の邸宅《ていたく》は総武線《そうぶせん》沿《ぞ》い、都内きっての閑静《かんせい》な住宅街《じゅうたくがい》の中にある。高級《こうきゅう》住宅地として知られるこの近辺《きんぺん》は、坂《さか》が多《おお》く道が曲《ま》がりくねっている。世界にとってしんどい道のりのはずだが、彼女は駅《えき》までの道のりを淡々《たんたん》と歩く。むしろ楽しそうに歩く。

坂や階段《かいだん》に差し掛かるとすぐに呼吸《こきゅう》は乱《みだ》れるが。それでも表情《ひょうじょう》は明るい。

「で」

優樹は訊いた。

「どこに行きたい?」

「どこでもいいぞっ」

即答《そくとう》された。

どこでもいい、というのはある意味《いみ》もっとも厄介《やっかい》である。

どうしたものか、と優樹は考えて、

「そんじゃまあ……公園《こうえん》でも行くか？　とりあえず。近いし」

「うむっ。問題ないっ」

にこにこ世界はうなずいた。

相手次第《しだい》では怒《おこ》って帰られそうな適当《てきとう》プランだが、彼女的にはぜんぜんアリらしい。

「もうちょっと贅沢《ぜいたく》なプランでもいいぞ？　どっかのお高いレストランとか」

「お金をかければ贅沢というわけでもないだろう」

「そりゃそうだけど」

「むしろわたしの方が訊きたいのだが」

優樹の少しだけ後ろを歩きながら、世界は遠慮《えんりょ》がちに、

「わたしとデートしてくれるのはありがたいのだが……いいのだろうか」

「いいのだろうかって、何が？」

「たとえば貴殿の妹《いもうと》御《ご》が機嫌《きげん》を悪くしないだろうか」

「春子《はるこ》か？　そりゃまあへそを曲げるだろうけど。でもいつものことだし」

「途中《とちゅう》で体調が悪くなって、迷惑《めいわく》をかけてしまうかもしれない」

「今さら気にしねーよそんなこと」

「もしかすると、たくさんお金を使わせてしまうのではないか？」

「お金なら好《す》きなだけ使ってくれ、っておチヨさんが渡《わた》してくれたよ。つーか俺だって少しぐらい持ってるよ。デートに使うぐらいのお金は」

「それに優樹は」

ちいさな声だった。

そよ風が吹いただけでも消えてしまいそうな。

「わたしでいいのか？　わたしとデートして楽しんでもらえるのか？　というかデートというものは、とても親しい間柄の相手とするものではないのか？」

桐島《きりしま》優樹は男の端《はし》くれである。

なので、こういう時の答えはちゃんと心得ていた。

「楽しいぞ」

うん、と力強く首を縦《たて》にふる。

「お前とデートできて俺は楽しい」

「………」

シンプルな答えだった。

むしろシンプルすぎて面食《めんく》らってしまったらしい。世界は猫《ねこ》だましでも食らったみたいな顔をして、

「そうか。ふむ。そうか」

と言った。

それから急に彼女は顔を赤くした。

優樹は気づかないふりをする。これもまた、男子たる者のマナーであろう。

品のいい住宅街だけあって、公園はいい雰囲気《ふんいき》だった。

ブランコなどの遊具《ゆうぐ》も錆《さ》びたところがなく、全体的に清潔《せいけつ》ですっきりしている。心なしか、遊んでいる子供たちも活《い》き活きと輝《かがや》いてみえる。

ふたりはベンチに腰掛《こしか》けた。

「ふう」

世界がホッと一息《ひといき》つく。短い道のりとはいえ、彼女にしてみればちょっとした冒険《ぼうけん》だ。

「……しかし我《われ》ながら」

優樹はうす曇《ぐも》りの空を見上げながら、

「デートするってのに近所の公園とか。ちょっと情《なさ》けなくなってきたな」

「なぜだ？　ぜんぜん情けなくないだろう」

不思議《ふしぎ》そうな顔をする世界。

「デートの行き先が公園だからといって、デートの善《よ》し悪《あ》しには関係《かんけい》ないではないか。わたしが楽しんでいること、それ以外《いがい》にデートの価値《かち》を計《はか》る物差しはないであろう？」

「まあな。そうなんだけどな。理屈《りくつ》としてはな」

「お金の問題ではない、という話もさっきした」

「はい。仰《おつしや》るとおりで」

「むしろ情けないのはわたしの方だ」

しゅん、と世界は頭《こうべ》を垂《た》れて、

「わたしの身体《からだ》が弱いために、デートの行き先もこういう場所しかない。もう少し健康《けんこう》な身体であれば、貴殿《きでん》に余計《よけい》な気を遣《つか》わせることもなかっただろうに」

「いやいや。お前のせいじゃないって」

「ふむ。であればいいのだが」

「つーか俺の方もなー。いきなりデートってことになって、オーケーもしたけどさ。その先の考えがなさすぎてなー」

「ではお互《たが》い様だな！」

世界はこぼれるように笑った。

「わたしも貴殿も、お互いに迷惑をかけ合っているのだ。であればチャラというものだろう？気にすることは何もない」

「そっか。いや、だったらいいんだけどなホントに」

「本当に問題ないのだぞ優樹。わたしは心から楽しんでいるのだ。そしてとても新鮮《しんせん》な気分でいるのだ。こんな気持ちを味わわせてくれたのだから、むしろ貴殿には堂々《どうどう》と胸《むね》を張《は》ってほしいぞ」

「……そっか。いやそうだよな。俺がテンション低い顔してたら、せっかくのデートが雰囲気悪くなっちまうもんな」

「そういうことだ」

と言って世界は白い歯《は》を見せた。

それからこうも言った。

「わたしは公園に来るのも初めてだから、本当に楽しんでいるのだよ。その点は何度でも念《ねん》を押しておくよ」

「…………」

優樹は頬《ほお》をかいた。

照《て》れくさいからではない。

これまで訊こうとしてなかなか訊けなかったことを、この流れに乗って訊いてみようとしたのである。

「なあ神鳴沢」

「うむ？」

「公園に来るのも初めてって、お前いったいどんな生活してたんだ？」

「引きこもりをしていたよ」

恥《は》じ入った様子で世界は答える。

「貴殿も知ってのとおりだ。わたしは身体が弱くて、ずっとベッドで寝転《ねころ》びながら人生を過ごしてきた。だから公園にも行ったことがない」

「つってもさ。お前って外の世界と関《かか》わりを持つのが嫌で、それで引きこもりになったわけじゃないよな？　学校にだってちゃんと通おうとしてるわけだし」

「それはまあそうだが」

「だったら公園ぐらいはいつだって行けたはずだよな？　こんな近所の公園ぐらいだったら、車いすでも使えばすぐに来れるだろうし。お前っていちおう歩いて学校行けるぐらいの体力はだ」


「あるんだからさ」

「それはあれだ優樹」

にこにこしながら、

「貴殿がわたしを変えたのだ。貴殿と出会って、わたしは外の世界をたくさん見てみたくなったのだ。だから貴殿には本当に感謝《かんしゃ》している。今のわたしがあるのはぜんぶ貴殿のおかげなのだ」

「そりゃどうも。なんかうれしいな」

本心である。

だけど世界のストレートな褒《ほ》め言葉に、優樹は頬を赤くしたりしない。

さらに疑問《ぎもん》を突《つ》き詰《つ》めていく。

「お前さ。小学校はどこに行ってた？」

「？　なぜそんなことを訊く？」

「そりゃ気になるからだよ。ひょっとしたら、友だちの友だちに知り合いがいたりするかもだしさ」

「ふむそうか。わたしはな、このあたりではない遠い場所の小学校に通っていたよ。名前はもう忘れてしまった。何しろほとんど学校に行かなかったから」

「じゃあ中学はどこに？」

「それも同じだ。遠い場所の中学校で、名前は忘れてしまった。なんならおチヨに訊いてみてもよいが？」

「いや。訊かなくていい」

優樹は首をふる。

あのメイドからまともな答えが返ってくるとは思えない。

「じゃあさ、なんか思い出話とか聞かせてくれよ」

「それは難《むずか》しい質問《しつもん》だ。なにしろ貴殿ぐらいのものだからな、わたしにとって親しい間柄の人間というのは。思い出話など出てはこないよ」

「何かあるだろそれでも。少しぐらいは」

「うーむ。そう言われてもな……」

「学校に行ってなくてもさ、学校に関係する思い出とかはあるだろ？　何でもいいんだ。たとえば学校へ行く途中で見た風景の話とかさ。たまにしか学校に行かなかったんなら、けっこう印象《いんしょう》に残ってるんじゃないの？」

「ああなるほど。そういうことでいいのか」

理解した、という顔で安心したように、

「たまに学校へ行く時はだな、車に乗《の》っていったのだ。なにしろ身体が弱かったからな。なのでわたしの覚《おぼ》えている風景といえば、車の外を流れていく景色《けしき》ばかりで――うん、やっぱりあまり印象には残ってないのだよ。何度も言うが学校にあまり行ってなかったから」

「じゃあ学校のことを訊くのはやめる。ほかのことを訊かせてくれ。たとえば――」

「待て待て優樹」

世界は泡《あわ》を食った様子で、

「そんな一気に訊かれても頭がこんがらがってしまう。貴殿はせっかちな男だ」

「そか？　んなつもりはないんだけど」

「それと素朴《そぼく》な疑問なのだが。デートというのはこういうものなのか？　わたしが想像しているものとはちょっと違うようなのだが」

「まあ……そうだな。確かに」

「それにだな、さっきから貴殿ばかり質問してくるのは一方的ではないか。わたしだって貴殿の話をいろいろ聞きたいのだぞ？」

くちびるを尖《とが》らせる世界。

優樹は白旗《しろはた》を揚《あ》げた。

「わかったわかった。じゃあ次はお前の順番《じゅんばん》な。なんでも好きなこと訊いてくれ」

「うむっ、そうこなくてはな。まずわたしが訊きたいのは、貴殿と貴殿の妹御の関係なのだが――」

そこから質問攻《ぜ》めが始まった。

世界は好奇心《こうきしん》の大爆発《ばくはつ》となって、それはそれはいろんなことを訊いてきた。優樹の人生観《かん》、交友《こうゆう》関係、趣味《しゅみ》、女性の好《この》み、果てはスリーサイズに至《いた》るまで。

あらゆる角度から、あらゆる密度《みつど》で。

（ま、うれしいけどな）

神鳴沢世界が自分に興味《きょうみ》を持ってくれること。

それは純粋《じゅんすい》に喜ばしく。優樹の心を弾《はず》ませる。

でもそれと同時に確信《かくしん》してしまうのだ。彼女と接している時にいつも感じている不安が的《てき》中《ちゅう》してしまうのではないかと。心配になってしまうのだ。

「なあ神鳴沢」

質問の雨あられをさえぎって、優樹は言う。

「なんかあったら言えよ。ちゃんと」

「？　なんの話だ？」

「なんの話でもいい。とにかく何かあったら俺に言ってくれよな。できるだけのことはするからさ。いやマジで」

「ふむ。貴殿は妙《みょう》なことを言う男だな」

首をかしげながらも世界はうなずいて、

「でもわかった。貴殿の忠告《ちゅうこく》は覚えておく」

それからこうも言った。

「それともうひとつわかった。貴殿はきっと優《やさ》しい男なのだろうな。優しくて、大きな男なのだろう。名前のとおりに」

「……ええと」

「どうした優樹？　変な顔をして」

「そういうことを真顔で言われるとだな。わりとけっこう恥ずかしいんだが」

「何を恥ずかしがることがある？　わたしは本当のことを言っているだけなのに」

ムキになる世界だった。

世間知らずゆえだろうか。彼女は時々こういうところがある。

「さてと」

照れ隠しに話題を変えることにした。

「そんじゃまあ、ちょっとはデートらしいことをしてみっかな」

すぐに世界が食いついてくる。

「むむ?」

「デートらしいこと、とはどういう意味だ? もっとデートらしいことがあるというのか?

わたしはもう十分にデートらしいことをしていると思うのだが」

「まあ見てろって」

もったいぶりながら腰を上げた。

この季節《きせつ》、あじさいの青と赤が鮮《あざ》やかである。

木々の下生《したば》えの間には、シロツメクサの白い花も咲いている。

それらの花を少しばかりいただいて、優樹は作業を始めた。

「むむむ?」

世界が手元をのぞき込んでくる。好奇心いっぱいの顔で、まるで子供《こども》みたいだ。

とか思っていたら実際に子供たちもやってきた。遊んでいたちびっこどもが『なんだなんだ』とばかりに集まってきて、優樹の作業に注目する。

「なになにー?」

「なにしてんのー?」

「花でなにすんのお兄ちゃんー?」

「なあ優樹よ。もったいぶらずに教えてくれ。なにを作っているのだ？」

「ふっふっふ」

優樹はもったいぶって作業を続ける。

それからしばし時間が経《た》って。

作品が完成《かんせい》した。

『おおー！』と声があがる。

優樹が作ったのは花輪《はなわ》だった。シロツメクサの白と緑をベースに、あじさいの青と赤を散らした、なかなかの力作《りきさく》だ。

「――いい！」

目を輝かせて世界が賞賛《しょうさん》する。

「これはいいな優樹！　とてもいいものだ！」

「だな。俺も満足の出来映《できば》えだよ」

「あじさいの青と赤が、まるでサファイヤとルビーみたいだ！　優樹は手先が器用なのだな！」

「妹からせがまれてなー。前に何度も作らされたんだよな」

その経験《けいけん》がこんな形で生きるとは思わなかった。ただでさえ妹には世話になりっぱなしで頭が上がらないのだが、そのうちどこかで恩返《おん》しをしなけりゃと思う。

「うわー。うわー。すごいな。うわー」

世界はすっかり花輪のとりこになっていた。その姿はまるで、ショーウインドウ越しにトランペットを眺《なが》める少年みたいだ。

「気に入った?」

「うむ! 気に入った! すばらしいものを見せてもらった!」

「んじゃあげるよ」

と言って、優樹は花輪を世界の頭にのせた。

「…………?」

世界はきょとんとしている。

ちびっこたちから『いいなー!』という声があがる。

「? ? 優樹?」

「いやだから。あげるって。つーかお前のだってそれ」

「???」

「お前のために作ったのそれは。もとからお前にあげるつもりだったの。気に入ってもらえるかどうかわからんかったけど、気に入ってくれたよなたぶん。だからあげる」

「…………」

「プレゼントだよ。これでちょっとはデートっぽいだろ?」

「…………」

まだ状況がわかってないみたいだった。

頭にのっけられた花輪に何度も触《ふ》れ、ちびっこたちから『いいなー!』と言われて服《ふく》の裾《すそ》をつかまれ、そこからようやく顔が赤くなって、

「あ、あ、あ、あり、あり、ありが」

「ねえぼくのも!」

世界の小声をさえぎって、ちびっこのひとりが叫《さけ》んだ。

「ぼくのもつくって!」

「おれのも!」

「あたしのも!」

「じゃあわたしも!」

「そんなに作ったら花がなくなっちまうよ」

チビどもにたくさんまとわりつかれて、優樹は困り顔をする。

大きいのは無理だけど小さいのなら、と提案《ていあん》すると、チビどもはよろこんで手を挙げた。

「んじゃそういうことで」

まだ呆《ほう》けているお姫《ひめ》さまへ、

「手伝ってくれるか神鳴沢？　ひとりじゃちょっと無理だこの数は」


そんなわけで。

花輪づくり教室が公園の片隅《かたすみ》で始まった。

世界が花を集め、優樹がせっせと花輪をこしらえる。子供たちがふたりを囲《かこ》んでキャッキャとはしゃぐ。

しまいには子供たちの親御《おやご》さんたちも集まってきて、ちょっとした騒《さわ》ぎになってきた。

子供たちばかりでなく親御さんたちからも『作り方教えてもらえない？』なんて言われ、すっかり文化教室の体《てい》である。

優樹は泡を食い、世界は目を回した。

大忙《いそが》しで、休むヒマもなくて、だけど優樹はまんざらでもない気分だった。なぜなら世界もまた、まんざらでもない顔をしていたから。

しまいには『なんだかおふたりさん、子だくさんの夫婦《ふうふ》みたいね』なんて冷《ひ》やかされ、優樹がしれっとした顔で『お似合いですかね俺たち？』と応え、世界は軽くパニックになってしまう一幕《ひとまく》もあったけど。総《そう》じてデートは大成功だったと言えるだろう。

「おやりになりますね優樹様」

と後でおチヨさんもほめてくれた。

屋敷に戻った世界は体調をくずして寝込《ねこ》んでしまって、その点だけはミスになってしまったけど。子供たちと活《い》き活きした表情でコミュニケーションを取っていた彼女のことを思えば、胸を張っていいはずである。


そして優樹は思うのだ。

あとになって考えてみれば、この時がいちばん幸せな時期《じき》だったかもしれないと。

第七章

神鳴沢《かなるざわ》世界《せかい》がふたたび学校へ通えるようになるには、七月を待《ま》たねばならなかった。

本来なら好都合《こうつごう》な話である。

なぜかといえば、その間にあれこれ根回《ねまわ》しをしておくことができるから。

†

「神鳴沢は気にしてない、って言ってたけど」

優樹《ゆうき》は小岩井来海《こいわいくるみ》に相談《そうだん》した。

「上履《うわば》きを隠《かく》される、っていう嫌《いや》がらせをされたのは事実《じじつ》だしさ。何もしないで放《ほう》っておくってわけにはいかないよな」

「んーそうねー」

来海はあごに指《ゆび》を当てて、

「わたしも学級委員《がっきゅういいん》としてさ、見過《す》ごせないよね。そんな話を聞《き》いたからには」

「手伝《てつだ》ってくれる?」

「犯人《はんにん》さがしを?」

「まあ。そういうことになるかな。あんま考《かんが》えたくないけど」

「よろしい手伝いましょう。でも期待《きたい》はしないでね？　わたしも難《むずか》しい立場だし」

「？　難しいって何が？」

「ま、すぐにわかるんじゃないかな」

†

来海の予言《よげん》は正しかった。

出鼻《でばな》をくじかれる形で呼び出しを食らったのだ。生徒指導室《しどうしつ》から。

「お前と神鳴沢が公園の花をむしって荒《あ》らした、っていう話があるんだが」

教師《きょうし》の指摘《してき》に優樹はおどろき、反論《はんろん》した。

花を少しばかり失敬《しっけい》したのは間違《まちが》いない。だけどその大部分《ぶぶん》は雑草《ざっそう》あつかいのシロツメクサだったし、あじさいはちょっと枯《か》れかけてしおれたやつを選《えら》んで拝借《はいしゃく》したつもりだ。荒らしたなんて言われ方は不本意《ふほんい》である。後片付《あとかたづ》けはちゃんとやったし、ご近所の子供《こども》も奥さん方もよろこんでいて――

「苦情《くじょう》があったのは事実だ」

生徒指導の教師は優樹の剣幕《けんまく》に腰《こし》が引けながらも、毅然《きぜん》として言った。

「公園を荒らしたかどうかは別にしても、お前は暴力沙汰《ぼうりょくざた》で退学処分《たいがくしょぶん》になりかけたこともあるだろう？　どうしたって周《まわ》りの印象《いんしょう》は悪《わる》い。行動《こうどう》には気をつけてしかるべきだ」

「…………」

「今回は厳重注意《げんじゅうちゅうい》にとどめておく。以後、気をつけるように」

†

……この件《けん》があったおかげでやりにくくなった。

加《くわ》えて世界が嫌がらせを受けたのは一度だけ。証拠《しょうこ》があるわけでなく、彼女《かのじょ》が学校に来ていないから再犯《さいはん》もない。証明《しょうめい》できなければ教師たちも動かない。

（実《じつ》はそんな大事じゃないんだけどな。犯人さがしは）

なんせ、神鳴沢世界は上履きを隠されて喜《よろこ》ぶようなヤツである。嫌がらせが止まろうと続《つづ》こうと、彼女の人生に大きな変化はないだろう。

（それでも何かの取っかかりにはなるかもしれん。やれるだけのことはやっておかんと）

とはいえ難題《なんだい》だった。

気合を入れてクラスメイトに話しかけ、それとなく情報《じょうほう》をさぐってみたり、世界のフォローをしてもみたけど。怖《こわ》がられ、気味悪《きみわる》がられて、まったくいい反応《はんのう》が得《え》られなかった。むしろ優樹が動いたことで、変に警戒《けいかい》されてしまったフシさえある。

（俺《おれ》、そこまで嫌われキャラだったのか……）

さすがにちょっと凹《へこ》むのだが、ダメなものはダメ。これ以上無理《むり》に何かしようとすると、もっとややこしい状況《じょうきょう》になりそうな。

「ゴメン。やっぱ難しいっす」

来海は両手を合わせて詫《わ》びた。

「わたしもいろいろやってみたんだけど。フォローしてみたり犯人さがししてみたりとか。でもなんかダメっぽいっていうか」

「ダメっぽいっていうと？」

「うーん……」

来海は言葉《ことば》をにごしてから、

「優樹くんって友だちいないじゃん？」

「おっしゃるとおりです」

「クラスの人たちともほとんど付き合いないじゃん？」

「ごもっともで」

「だからわかんないかもだけど。優樹くんってかなり浮《う》いてるわけです。この学校では」

「いや、それはわかってるけど」

「いや、それがわかってないと思うわけです」

言いづらそうに、

「わたしは優樹くんの味方《みかた》だし、優樹くんの力になるけど。それは絶対《ぜったい》だけど。でもそれ以上のことは、うん。ちょっと保証《ほしょう》できないっす。わかっていただけるでしょうか」

「小岩井さんが何か言いにくそうにしてる、ってことはよくわかる」

「とりあえずわたしは様子《ようす》を見ます。あとはもう流れに任《まか》せて、って感じで。それなりに腹《はら》はくくっておくつもりです」

……優樹も馬鹿《ばか》ではない。

来海がこれだけ回りくどい感じで、それでも伝えようとしてくれていることは、だいたい理《り》解《かい》できたつもりだ。

でも、それでも前に進むしかないことも理解している。

他《ほか》でもない神鳴沢世界が、彼女自身が、それを必要《ひつよう》としているはずだから。

†

七月の某日《ぼうじつ》。

神鳴沢世界は久しぶりに学校へやってきた。

「優樹よ。今日もあれがあるのだろうか？」

「あれって何だ？」

「上履きだ。あれはまた、誰《だれ》かにとられているのだろうか？」

梅雨明《つゆあ》けが近い晴れ間の日。

青空の下、さわやかに登校する生徒たちに交《ま》じって、世界は声をはずませる。

「とられてないと思うぜ」

優樹は淡々《たんたん》と答えて、

「ちゃんと手は打ってあるからな。同じことを繰《く》り返《かえ》さないように」

「ふむそうか。ちょっとさびしい気もするが……それもまたよし」

世界は機嫌《きげん》がよかった。

ついでに調子《ちょうし》もよかった。

ふんふんふん、と軽《かる》く鼻歌《はなうた》を口にしながら、スキップでも踏《ふ》みそうな勢《いきお》いである。調子に乗《の》ってるとまた具合《ぐあい》が悪くなるぞ、とは優樹も言わない。

かわりに別のことを言った。

「なあ世界」

「うむ？」

「俺はお前の味方だからな」

「わたしも貴殿《きでん》の味方だぞ」

世界はすぐにそう応《こた》えた。

「わたしは何があっても貴殿の味方だ。もっともわたしは貴殿の世話になってばかりだし、大したことはできないかもしれないが」

邪気《じゃき》のない笑顔《えがお》だった。おろしたての真《ま》っ白《しろ》いシーツみたいな。

クサい考え方だと自覚《じかく》しつつ優樹は思う。

この笑顔を守りたいと。

何があっても枯《か》れないように。

†

教室に入るとさっそく空気が固《かた》まった。

朝のざわめきに湧《わ》いていたクラスメイトたちが、ぴたりと談話《だんわ》をやめる。

異分子《いぶんし》ふたりにちらりと視線《しせん》を向けて、すぐに逸《そ》らす。ちっ、という舌打《したう》ちの音が聞こえた気もする。

すぐにざわめきは戻《もど》ってきた。

立ち止まっていた優樹が歩き出し、世界がそのあとをついていく。

お互《たが》い席に着《つ》いた。

世界は長旅を終《お》えたあとみたいにホッと一息《ひといき》ついている。

その姿《すがた》を微笑《ほほえ》ましく思いながら教室の中を確認《かくにん》すると、どうやら来海の姿はないようだった。めずらしいがあり得ないことでもない。学級委員で友人も多《おお》い彼女は何かといそがしい。おはようのあいさつも今日はなしか――


「なんで来てんのあの子？」

どこからかそんな声がした。

「来る意味《いみ》あんの？　どうせすぐ保健室《ほけんしつ》行くのに」

「授業《じゅぎょう》も受《う》けてないっしょ全然《ぜんぜん》」

「単位《たんい》足りねーだろどうせ。卒業《そつぎょう》も無理じゃん」

声はひとつじゃなかった。

ひとつじゃないし、一カ所からでもなかった。教室のあちこちから、男女を問わず、グループを問わず、陰口《かげぐち》はささやかれていた。

「つーか聞いた？　あの話？」

「公園の花のやつ？」

「聞いたそれー。ないよねー」

「ないない。つーかきもい」

「何考えてんの、って感じ」

「学校来ないくせにな。いや来なくていいんだけど」

……覚悟《かくご》していたことではある。

優樹の力およばず、露払《つゆはら》いしておくことができなかった。異質《いしつ》な転校生に対するマイナスのイメージを取り除《のぞ》くことができなかった。であるからには当然《とうぜん》覚悟していた。こういう反発があることは。

でもまさか、ここまで一気に噴出《ふんしゅつ》するとは。

現在の状況を喜ぶ《ふ》負の感情を一身《いっしん》に受けている相方《あいかた》に目を向ける。

彼女は笑《わら》っているような、困っているような、微妙《びみょう》な表情《ひょうじょう》で頬《ほお》をかいている。現在の状況を
どう受け止めていいか測《はか》りかねているように。さすがの神鳴沢世界もこの状況を無邪気《むじゃき》に喜ぶ
ことはできないか。

（世界は――）

（どうする？）

止めさせるのは簡単《かんたん》だ。

ひとにらみするのもいい。実力行使《じつりょくこうし》に出てもいい。外に助《たす》けを求《もと》めてもいい。

でも本当にそれは正解《せいかい》なのか？

根本的《こんぽんてき》な解決《かいけつ》にはならないんじゃないか？

そもそも根本的な解決とは何なんだ？

「つーかカツラと帽子《ぼうし》ってさー。なにあれ？」

「おしゃれのつもり？　なわけないか」

「必死《ひっし》すぎて笑える。そこまでして学校来たい？　意味なくね？」

「あいつって理事会《りじかい》とつながってんだろ？」

「じゃあ簡単に卒業できるじゃん。評価《ひょうか》ユルそー」

「大学も推薦《すいせん》で簡単に行けるとか？」

「うわすっごいありそー」

……根本的な解決？

んなのはどうでもいい――と優樹は思う。

彼は気の短いタイプではない。

かつて暴力沙汰になった時だって、そうせざるを得ない流れだったからそうしただけ。行き当たりばったりの行動は好きじゃないし、そもそもケンカは勝《か》てる用意を済《す》ませてから仕《し》掛《か》けるべきだと思っている。

（馬鹿か。んなこと言ってるからこんなことになるんだよ）

くちびるを噛《か》む。

いちばんいい方法《ほうほう》。最善《さいぜん》の解決。そんなのを狙《ねら》ってしまったから現在の状況があるのだ。

本当はもう、行動するには十分だったのに――優樹にとって大切な人間が不当《ふとう》にけなされている、それだけで十分だったのに。

「つーか桐島さ。あいつも悪いんじゃね？」

「あー。それあるかもー」

「桐島とつるんでたから転校生もそれに引きずられた、的な？」

「なんか怖《こ》ええしなあいつ」

「停学《ていがく》とか食らってるんでしょ？　ケンカか何かで」

「じゃあしょうがないよね。類《るい》は友を呼ぶってやつ？」

とっくにハラワタ煮《に》えくりかえっていたのだ。

上履きを隠されて以来ずっと。ブチキレたくて仕方なかったのだ。

「ひょっとして付き合ってんのかな？　あいつら」

「じゃあもうヤってんの？」

「ヤってんだろー。なんか軽そうだしさ。なに考えてんのかわかんねーし」

「学校休んでラブホ行ってるとか？　なんかありそー」

いまキレずにいつキレるのか？

売り言葉に買い言葉。ちんけな辱《はずかし》めに安いケンカ。お似合いの組み合わせではないか。

静《しず》かに深呼吸《しんこきゅう》をひとつ。

アタマの中のスイッチをキックし、椅子《いす》を蹴立《けりた》てて立ち上がろうと、

ぐあっしゃん！

けたたましい音が教室に反響《はんきょう》した。

優樹が立てた音ではない。

教室中の視線がある一点に集中する。

机《つくえ》をど派手《はで》に蹴倒《けりたお》した神鳴沢世界の姿がそこにある。

（………。え？）

優樹は呆気《あっけ》にとられた。

彼《かれ》だけでない。その場にいた全員が、晴天に稲妻《いなづま》が走るのを見たように、ぽかんと口を開けている。

「聞け。貴殿ら」

ゆっくり足を組みながら世界は命じた。

その表情は泰然《たいぜん》として涼《すず》やか。

下々《しもじも》を見下ろす王のような――いや。

むしろ天上から下界を眺《なが》める神のような。

「わたしをけなすのはよい。上履きを隠すのも構《かま》わぬ。どちらも可愛《かわい》いものだ。歓迎《かんげい》するからどんどんやるがいい。だが――」

彼女がふところから葉巻《はまき》を取り出し、火をつけて煙草《たばこ》を吹《ふ》かすのを見ても、誰《だれ》も何も言わない。いや口を開《ひら》けない。

「わたしの友人をけなすのは許《ゆる》さない。絶対にだ」

落ち着いた語調《ごちょう》だった。

と同時に有無《うむ》を言わさぬ語調でもあった。

シンプルで、解釈《かいしゃく》の間違いようがなくて、聞き入れざるを得ない。無視《むし》するなど及《およ》びもつかない何かがそこにはあった。

（……マジか）

優樹はごくりと喉《のど》を鳴《な》らす。

誰もが圧倒《あっとう》されている。その威厳《いげん》に。完膚無《かんぷな》きまでに。

次元がちがう。

子供と大人の差、というには小さすぎる。人間と虫けらの差と言っていい。

ひれ伏《ふ》さざるを得ない何か。それが、いまの神鳴沢世界には確かにある。

「優樹よ」

一堂《いちどう》が静まり返ったのを見て――自《みずか》らの言葉を彼らが完全《かんぜん》に飲《の》み込《こ》んだのを理解して。

世界は話の向きを変える。

「ひとつ頼《たの》まれてはくれないか」

「お、おう?」

呪縛《じゅばく》から解放され、優樹は上《うわ》ずった声を出す。

「なんでも言ってくれ。もちろん」

「ありがとう。ではお願《ねが》いするが――」

と言って、世界はへにゃりと笑った。

そこでようやく優樹は知った。彼のよく知っている彼女がたった今、戻ってきたのを。

「保健室へ連れて行ってくれないか。しゃべりすぎて気分が悪くなってきた」

†

保健室には誰もいなかった。

養護教諭《ようごきょうゆ》は席を外《はず》しているのか、それともまだ出勤《しゅっきん》していないのか。朝方の木漏《こも》れ日《び》に舞《ま》うホコリだけが優樹と世界を迎《むか》えてくれる。

「すまぬ優樹」

ベッドに横たわって開口《かいこう》一番。

世界は視線を逸《そ》らしながら謝《あやま》ってきた。

「これでまた貴殿の立場が悪くなってしまったな。申《もう》し開きのしようもない」

「何を――」

優樹はあきれた。

まさかそんなセリフから会話が始まるなんて。

「なに言ってんだよまったく。立場なんて悪くなってねーし。つーかどうでもいいし割《わり》と。んなのは」

ばりぼり頭をかく。

車ではねた相手がぺこぺこ頭を下げてくるような。そんな気分。

「つーかお前に謝られたら、それこそ立場がねえよ俺の。お前は俺のために身体《からだ》張《は》ってくれたじゃんか」

「ついカッとなってしまったのだ。それで考えもなしに言いたいことを言ってしまった。クラスのみんなは、わたしたちに良い感情を持たなかっただろう」

「んなことねーよ。ていうかんなのどうでもいいよ」

首を振って、

「なんかもークラスのやつらのこととかどうでもいいわ、ほんとマジで。びっくりしたっていうか、いいもん見たっていうか」

「恥《は》ずかしい限《かぎ》りだ。わたしは感情のコントロールがぜんぜんできていないな」

「いやいやだからさ――」

言いかけてやめた。

これじゃ水掛《みずか》け論《ろん》が終わらない。こんな話がしたいわけじゃない。

「俺はさ」

ちょっと間を置いて、

「俺はなんつーか……お前の心意気《こころいき》？　ってやつを見た気がするよ。なんかしびれたわ。ていうか感動した。お前ってやる時はやるヤツなんだな」

「そんなほめ方はやめてくれ。ほめられることは何もしていない」

「うれしかったよ。お前が俺のために言ってくれたことが。ていうか逆《ぎゃく》なんだよ本当は。俺がお前のためにあいうことをやらなきゃだめなんだ。なんかもー情けなくて涙《なみだ》が出てくるよ我《われ》ながら」

「そんなことはない。貴殿はわたしのためにたくさんのことをしてくれている。わたしはたくさん貴殿に助けられている」

「そうかな。だといいんだけど」

「わたしが保証《ほしょう》する。誤解《ごかい》されやすいかもしれないが、貴殿はいい男だ。だからわたしは、貴殿がいわれのない悪口を言われたのが我慢《がまん》できなかった」

「そっか。うん」

うなずいてから急に恥ずかしくなってきた。

「いやつーかさ。なんなのこの状況？　お互いにほめ合ってばかりでさ。ちょっと気持ち悪くないですか」

「気持ち悪くなんかない。ほめるべきことをほめるのに悪いことなんてない」

世界はガンコに言い張《は》った。

彼女の主張《しゅちょう》が一定以上に正しいことを優樹は受け入れた。自分たちはもうそういう関係にあるのだ。

「そうだよな。俺らって、いつの間にかこんなに仲良《なかよ》くなってたんだよな。出会ってからまだ何ヶ月も経《た》ってないのにな。不思議《ふしぎ》だよな」

「優樹のおかげだよ。貴殿がわたしを気に掛けてくれるから、今のわたしたちがある。わたしに付き合うのはさぞかし面倒《めんどう》だろうに」

「まあな。面倒っちゃ面倒だわな」

「そうであろうなあ……ぐすっ」

「泣《な》くなよ。……んでさ。面倒ついでにひとつ頼みたいことがあるんだけど」

「頼みたいこと?」

「おう。俺たちって仲が良いんだし、ひとつぐらいはお願いを聞いてもらってもいいんじゃないかと思うわけだ」

「願ってもない」

世界は大きくうなずいた。

ベッドの中から真剣《しんけん》な目で優樹を見て、

「なんでも言ってほしい。わたしは貴殿の世話になってばかりだからな。お願いのひとつやふたつは聞くのが当然《とうぜん》だ」

「おお。太《ふと》っ腹《ぱら》だな」

「むしろ貴殿がそう言ってくれるのを待っていたくらいだよ。貴殿はわたしによくしてくれるのに、なにも見返りを求《もと》めなかったから。わたしはちょっと不安になっていたくらいなのだ」

「いやでもなー。さすがにこのお願いはちょっと無茶っていうか無謀《むぼう》っていうか。正直きいてもらえる自信《じしん》がないんだけど」

「問題ない。貴殿のためならわたしは最大限《さいだいげん》の努力をしよう。金だろうと女だろうとなんでも用意してみせる。国のひとつやふたつぐらいならたぶん大丈夫《だいじょうぶ》だ」

「スケールでけえな!?」

「だからなんでも言ってくれ。遠慮《えんりょ》はいらない」

「そっか。じゃあお言葉に甘えて」

優樹は笑った。

そしてこう言った。

「神鳴沢世界さん。俺と結婚《けっこん》してください」

「…………」

時間が止まった。

梅雨の終わり。夏の入り口。

あっさり口にされたプロポーズが、秒刻《びょうきざ》みに蒸《む》し暑《あつ》くなる保健室にこだまする。

「は」

鳥の鳴《な》き声と、グラウンドから聞こえる体育の授業の声だけがしばし沈黙《ちんもく》を満たして。

やがて世界が呆《ほう》けた顔でこう応《こた》えた。

「はい。よろしくお願いします」

「おお」

優樹は軽くのけぞった。

「速攻《そっこう》でオーケーもらえるとは思わんかった。すげえなお前」

「…………」

世界は黙《だま》った。

優樹は「ん？」と首をかしげる。

「いや。え。うん？」

世界も首をかしげて、

「優樹よ。今わたしは何と言った？」

「はい、よろしくお願いします。って言ってくれたけど」

「ふむ。そうか」

まだ呆けている。

ぼんやり天井《てんじょう》を見つめ、窓《まど》の外に視線をやり、また優樹を見て、

「ところで優樹よ」

「なに？」

「貴殿はさっきなんと言った？　わたしに何をお願いしたのだ？」

「神鳴沢世界さん俺と結婚してください。って言ったけど」

「わたしの勘違《かんちが》いでなければ、だ」

「おう」

「それはつまり、いわゆるプロポーズなのでは？」

「おう。そのとおりだ」

「…………」

また黙った。

寝起《ねお》きのそれみたいにぼんやりした目が優樹を見つめている。

そして赤くなった。最初は頬《ほお》から。次に耳まで。

「……いや。いや。いやいやいや。待て。ちょっと待て優樹よ……！」

「あ。やっぱダメ？」

「いやそうではない。そうではなく……！」

「なんでもお願いを聞いてくれる、って言ったからさ。遠慮なく言わせてもらったんだけど。ダメか？」

「言った。たしかに言った。しかしだな――」

首を振る。

ベッドに横たわったまま頭を抱《かか》える。

まだ午前中なのに夕日みたいに赤い顔。

「なんというかこう、そう、おかしいではないかこれは。なぜ今ここでプロポーズなのだ。だまされないぞ？　いくらわたしが世間知らずでもそのくらいはわかる。わたしはだまされない」

「だましてないっつーの。ほんとにプロポーズしたっつーの。桐島《きりしま》優樹が神鳴沢世界に結婚を申し込んだの。本気で」

「……いや。いやいやいや」

「信じられないなら録音《ろくおん》でもしとくか？　それか立会人《たちあいにん》を誰かに頼むとか」

「いやいやいやいやいやいや」

涙目《なみだめ》でぶんぶん首を振る。

髪《かみ》をくるくる巻《ま》いたり、わしわし掻《か》きむしったり、口元をあわあわさせている。

「確かにいきなりプロポーズはまずかったかもだけど。でもいい感じの雰囲気《ふんいき》だと思ったし。今しかないと思って」

「いい雰囲気……いや確かに悪い感じではなかったが。わたしもそう思うが」

「あとさ、いちおう前振りはしてたつもりなんだが。俺なりにちょっとずつそういう発言をしてたんだが。通じてなかった？」

「えっ。えっ？」

「そっか。通じてないか。回りくどかったかな」

苦笑《にがわら》いの優樹。

目を丸くする世界。

「というか貴殿は」

あっぷあっぷになりつつも、それでも必死に、

「まだ高校生ではないのか？　結婚できる年齢《ねんれい》なのか？」

「いやできないけど。でもあと何年かすればできるよな」

「ご両親は？　あの妹御《いもうとご》は？　納得《なっとく》してくれるのか？」

「できれば納得してほしいけど納得してくれなくてもいいよ。俺が決めることだし」

「それに――それにいいのか？　わたしで？　本当に？」

「お前がいい。つかお前しかいないわ。俺って十年ちょっとしか人生やってないけどそれでもわかるよ。出会ってからまだちょっとしか経ってないけど、それでもやっぱわかる。俺はお前がいい。お前といっしょに人生やっていきたい」

「…………」

また黙った。

半べそである。

「今すぐ答えをくれ、とか言わないからさ」

できるだけやわらかく優樹は語りかける。

「ちょっと考えてみてほしい。俺とお前のこと。とりあえず結婚の前にいっしょに住んでみるとかさ。いや、まずは普通《ふつう》に男女交際《だんじょこうさい》するのが先か？　まあとにかくだな、俺はお前のことが好きになってしまったので。惚《ほ》れてしまったので。どうぞよろしくお願いします、って感じです。はい」

「…………」

世界は相変わらず固まっている。

両手で口元をおさえ、ぽろぽろ涙をこぼしている。

だんだん焦《あせ》ってきた。

「あーっと……」

あたふたしながら宥《なだ》めにかかる、

「すまん。ごめん。泣かせるつもりはなくて。いやほんとごめ――」

「きゅ」

と世界は言った。

「きゅ？」

と優樹が応える。

世界は裏返った声でこう叫《さけ》ぶ、

「急用を思い出した！」

がばっ！　と布団《ふとん》をはねのける。

あたふた身繕《みづくろ》いをしてベッドから出る。

「急用を思い出したから帰る！　今日はもう家に帰る！」

「え。いやだいじょうぶか？　体調《たいちょう》は？　具合《ぐあい》が悪いんじゃ？」

「そんなものどこかに吹き飛んだ！」

ふらふらと頼りない足取りで。

世界は保健室のドアを開け、振り向かずに、

「ひとりで帰れるから！　貴殿はここにいていいから！　おチヨを呼ぶからだいじょうぶだから！」

「あ。うん。そういうことなら」

「ではさらばだ！　また会おう！」

たぶん初めて見る機敏《きびん》な動きで。

神鳴沢世界は優樹の前から姿を消した。

「…………」

朝方の木漏れ日に舞うホコリ。鳥の鳴き声。グラウンドから届《とど》く体育《たいいく》の授業の声。

手持ちぶさたな桐島優樹。

それだけが保健室に残されて。

「────っだーあ⁉」

優樹は頭を抱えた。

「やっちまったか⁉　やっちまったのか俺⁉」

身もだえする。

くねくねと、苦悶《くもん》のありったけを全身《ぜんしん》で表現《ひょうげん》する。

「いや落ち着け。冷静《れいせい》になれ俺」

めずらしく口に出してひとり語りしながら。

両手のひらに視線を落として言い聞かせる。

「別に悪いことはしてないはずだ。そうだよな？　俺は自分の素直《すなお》な気持ちを、まっすぐに、誠実《せいじつ》に、ちゃんと伝えた。問題ない。なにも問題ない」

本当か？

本当にそうか？

男にとって一世一代の大事業に、完璧《かんぺき》な勝算《しょうさん》をもって臨《いど》んだと言えるのか？

というか相手の気持ちは？　じつは迷惑《めいわく》だったりしたんじゃないのか？　もっと段取《だんど》りをちゃんと踏《ふ》むべきだったのでは？

事実、結婚を申し込んだ相手は泡を食って逃げ出してしまったわけで。

「だめだ！　わりと弁護《べんご》できん！　自分で自分を弁護できん！」

地団駄《じだんだ》を踏む。

外人の映画俳優《えいがはいゆう》みたいなオーバーアクションで両手を振る。

「というか恥ずかしくなってきた！　よくあんなセリフ言えたな俺！　すげえなちくしょうもう言えねえ！　二度は言えねえ！」

だけど仕方《しかた》ないのだ。

気持ちが盛《も》り上がってしまったのだ。

弱々しい世界。

凛々《りり》しい世界。

美しい世界。

涙もろい世界。

手の掛かる世界。

そんな彼女をずっと見てきて、ここしばらくずっと支《ささ》えてきて、親しさが積み重なって、愛《いと》おしさが芽生《めば》えていって――そうしてコップから水が溢《あふ》れるような自然さで、意思が固まってしまったのだ。ほんのわずかな期間のうちに。

いま言わずにいつ言うべきだったというのだろう？

ぜったい誰にも渡《わた》したくないと、こんなに強く望《のぞ》んでいるのに。

自分以外の誰かと彼女が結ばれる姿など、死んでも見たくないと願っているのに。

「どうかしてんな俺……」

ひとりごちる。顔を赤くしながら。

イエスをもらえなかった、それが現状のすべてである。

ちゃんと計画を練《ね》らなければなるまい。彼女に受け入れてもらえるように――否《いな》、なによりも彼女が幸福《しあわせ》でいられるように。

第八章

「──ほほーう。興味深《きょうみぶか》い話ですね？」

桐島家《きりしまけ》の庭園《ていえん》、夕食後のティータイムにて。

一連の顛末《てんまつ》を聞いた桐島春子《はるこ》は何度も頷《うなず》いた。

それからニッコリ笑《わら》って、

「つまりそれは、わたし以外の女性に愛の告白《こくはく》をしたと。そういうことですよねお兄さま？」

「まあそうなんだけど」

肯定《こうてい》しながらも優樹《ゆうき》は思う。実《じつ》の妹からそんな怖《こわ》い目で睨《にら》まれることではないはずだと。

「お兄さまにも困《こま》ったものです」

やれやれと首を振《ふ》る春子。

「男の人にとって多少のやんちゃが必要《ひつよう》なのはわかります。浮気《うわき》のひとつやふたつは笑って許《ゆる》すのも妻《つま》たる者の器《うつわ》。ですが、こうたびたびおいたをされてはひとこと言わざるを得ないじゃないですか。もう少しわきまえてください」

「……いろいろ突《つ》っ込《こ》みたいところはあるが」

優樹は呆《あき》れつつ、

「なんつーか、ちょっと意外《いがい》だな」

「意外ですか？　どのあたりが？」

「もっとぎゃーぎゃーわめかれると思ったんだよ。なんせお前以外の相手《あいて》に結婚《けっこん》を申《もう》し込んだからさ。なのにけっこう冷静《れいせい》だな、みたいな」

「ああ。そんなことですか」

余裕《よゆう》のある笑《え》み。

優樹はさらに不思議《ふしぎ》がって、

「お前いつも言ってるだろ？　俺《おれ》と結婚するって。わりと本気で」

「ええ。本気で言っていますが」

「じゃあ俺が他《ほか》の誰《だれ》かにプロポーズするのはまずいんじゃないの？」

「いいえ問題《もんだい》ありません」

にっこり笑って妹は言う。

「戦《たたか》いというものは、最後《さいご》の最後に立っている者が勝利《しょうり》を手に入れます。途中《とちゅう》の勝ち負けで一喜一憂《いっきいちゆう》するのは体力の無駄《むだ》というものです」

「はあ。なるほど」

「わたしはいずれこの国の法律《ほうりつ》を変えて、お兄さまと合法的《ごうほうてき》に結婚するつもりですので。そこへ至《いた》るまでのことは割《わり》とどうでもいいのです。ハエやゴキブリがどれだけたかってこようともさほど気にはなりません」

「…………」

とても小学生とは思えない発言だった。

則天武后《そくてんぶこう》の生まれ変わり説《せつ》が、また現実味《げんじつみ》を帯《お》びてくる。

「んでもさ」

優樹は食い下がる。

ここまで自信満々《じしんまんまん》の態度《たいど》を取られると、ちょっとは突っ込んでみたくなるのが人情。

「実際《じっさい》に俺が結婚しちゃったらお前はどうするんだ？　大人《おとな》しく認《みと》めるわけ？」

「まさか。物事には線引きというものがあります。おいたまでは許しますが、それ以上のことは認めてあげません」

「でも俺、結婚するよ？　本気で」

「努力《どりょく》はどうぞご自由《じゆう》になさってください。がんばっているお兄さまを見るの、わたし好《す》きですから♥」

「父さんと母さんが反対しても押し切るよ？」

「あ、駆《か》け落ちする時はあらかじめ言ってくださいね。わたし、お兄さまにどこまでもついていきますから♥」

「…………」

呆れるほどいつもの妹——だが。優樹は違和感《いわかん》を覚《おぼ》えた。

春子の口ぶりには何か裏《うら》を感じる。

「ちょっと気になるんだけど」

「何をです？」

「お前の言い方ってさ。俺が結婚できないのが前提《ぜんてい》に聞こえるんだよな」

「できませんよ」

断言《だんげん》した。

迷《まよ》いなく、淀《よど》みなく。

まるで予言《よげん》のように。

「あの白髪女《しらがおんな》とお兄さまは結婚できません。お兄さまがどれだけ本気になってもです」

「……なんでそう思う？」

「女のカンです♥」

「嘘《うそ》だな。お前のカンは野生動物なみだけど、お前はカンに頼《たよ》らない」

「はい、さすがはお兄さまです。わたしのことをよくわかっていらっしゃいます」

笑顔《えがお》で紅茶《こうちゃ》をすする妹。

優樹は頭を掻《か》きながら、

「じゃあ話を変えるけど」

「はい」

「神鳴沢が学校で立場が悪くなったのって、お前が裏で手を回してたんだよな？」

「はい」

「……なんでそんなあっさり認める？」

「気づいてもらえるようにやったからです」

あっさり白状《はくじょう》して、

「だって不自然《ふしぜん》でしょう？　最初《さいしょ》はむしろ喜《よろこ》んで迎《むか》え入れられてた転校生が、どうしてわずかな間で嫌《きら》われるようになったのか。公園で花を摘《つ》んだぐらいのことをわざわざ告げ口して問題《もんだい》を大きくしたのは誰《だれ》なのか。ちょっと考《かんが》えれば、何かおかしいことに気づけるはずです」

小岩井来海《こいわいくるみ》のことを思い出す。

煮《に》え切らない態度《たいど》を何度も見せた委員長《いいんちょう》。たぶん彼女《かのじょ》もまた、何かに気づいていたのではないか。

「…………」

カップに口を付けて間を取る。

感情《かんじょう》の乱《みだ》れはない。冷静に、正しく。現状に対処《たいしょ》しなければ。

「なんでだ？」

まずはそう訊《き》いた。

「なんでそんなことを？　そんなに神鳴沢のことが気に入らなかったのか？」

敵視《てきし》しているというだけなら来海だって同じはずだ。

というかどんな女性であれ、兄のそばにまとわりつくことをこの妹は認めてないが——それでも今回みたいな強硬手段《きょうこうしゅだん》を、優樹の不興《ふきょう》を買うことがわかりきっている手段を、これまでは採《と》ってこなかったのに。

それがなぜ今回に限《かぎ》って？

「二度目の警告《けいこく》ですお兄さま」

質問《しつもん》には答えず、妹は別なことを言った。

「あの白髪女には関《かか》わらないでください」

「…………」

カップを置いて妹を見る。

ちゃらけた様子《ようす》はない。

我《われ》を忘《わす》れた様子もない。

背筋《せすじ》を伸ばし、落ち着いた声音《こわね》で。まるで裁判官《さいばんかん》が被告人《ひこくにん》へ勧告《かんこく》するような。

以前も聞いた〝関わらないでください〟の言葉。

確信《かくしん》と警戒《けいかい》がにじみ出るその言い方に、優樹もまた背筋を伸ばした。

「なあ春子」

「はい」

「前に言ってたよな？　調べておきますって。神鳴沢のこと」

四月の初め、まだ世界が転校してきたばかりのころ。

気になるからと言って春子は自《みずか》らその役を買って出た。

そして買って出たからには調べ上げたはずである。神鳴沢世界のことを可能《かのう》な限り詳細《しょうさい》に。

桐島製薬《せいやく》の力をバックに、彼女らしい強《したた》かさと綿密《めんみつ》さで。

その結果《けっか》をまだ聞《き》いていない。

「はい。調べました」

うなずいて、春子はお茶のお代わりをいれる。

そうして世間話の延長《えんちょう》みたいに彼女は言った。

「お兄さま。『九十九機関《つくもきかん》』という名前に心当たりは？」

「……？　いや。ぜんぜん聞いたことないけど」

「なるほど。そうですか」

「どうかしたのか？　そのナントカ機関ってやつが」

「いえ。知らないのであれば別に」

首を振る春子。

それから彼女はいくぶん表情《ひょうじょう》をやわらげて、

「この話はここまでにしておきましょう。せっかくのお茶がまずくなってしまいます」

「そか。わかった」

優樹はそれ以上の追及《ついきゅう》をやめた。

妹はガンコである。彼女が『ここまで』と言ったなら、たとえ天地がひっくり返ってもそのとおりになる。

「春子はお兄さまのために全力を尽《つ》くします」

談笑《だんしょう》の最後に妹はそう言った。

「お兄さまを護《まも》り、お兄さまの利益《りえき》になるよう、春子はなんでもいたします。なのでどうぞ安心してくださいね」

優樹は苦笑《にがわら》いでその言葉を聞いた。

歳《とし》の離《はな》れたこの妹に、これまでどれほど助《たす》けられてきたことだろう。

これ以上借《か》りを作ったらいよいよ頭が上がらなくなるな、とボヤきつつ、だけどきっとこの先も妹の世話にならずにはいられないだろうな、と確信させられる優樹だった。

……つまり、その程度にしか受け止めていなかったのだ彼は。

則天武后の生まれ変わりが、普段とはちがう言動《げんどう》を取っていることの意味《いみ》を、平凡《へいぼん》で日常《にちじょう》な一コマとしてしか捉《とら》えていなかったのだ。

ツケはすぐに回ってくる。

一年を待《ま》たずあっという間に。

†

「――やはりウエディングドレスがいいと思うのだ」

神鳴沢家の屋敷《やしき》にて。

屋敷の主《あるじ》は熱弁《ねつべん》していた。

「細かくてふわふわした刺繍《ししゅう》がたくさん施《ほどこ》してあるドレスだ。もちろんシミひとつない、真《ま》っ白《しろ》なものでないとだめだぞ？」

夜である。

草木も寝静《ねしず》まる夜。

彼女は自らの部屋《へや》で、着衣《ちゃくい》の召《め》し替《か》えをしているところだった。

「だけど別に値段《ねだん》の高いものでなくていいのだ。きれいなものでさえあればいい。どこでも手に入るようなもので十分だ」

風もないのに電灯《でんとう》がゆらめいた。

ベッドの枕元《まくらもと》、薄黄色《うすきいろ》い明かりがひとつだけ灯《とも》っている。

その明かりが部屋の主を、神鳴沢世界の影を、壁《かべ》に長く引いている。

「とはいえ晴れの舞台《ぶたい》に上がるのだ。それなりに見栄《みば》えのいいドレスでなくてはな。たとえばそう――胸元《むなもと》がすこし大胆《だいたん》に開いているのもいいな。うん、そういう時ぐらいはいいだろう。ちょっと挑戦《ちょうせん》してみてもいいな。うん」

召し替えを担《にな》っているのはメイドのおチヨだ。

主のつぶやきに相づちを打ちながら、ひとり手を動かしている。

髪《かみ》を結《ゆ》い、爪《つめ》を磨《みが》き、化粧《けしょう》をほどこして。彼女が仕《つか》える相手《あいて》のためにせっせと容儀《ようぎ》を整《ととの》えている。

世界が身に纏《まと》っているのは白装束《しろしょうぞく》。

もちろんウエディングドレスではない。

「我《わ》が主がその気になれば」

手を止めずにおチヨが言う。

「さぞかしお綺麗《きれい》になるでしょうね」

「だといいのだが。わたしは綺麗になれるだろうか?」

「なれますとも。このおチヨが責任《せきにん》をもって、どこへ出しても恥《は》ずかしくないだけの淑女《しゆくじよ》に仕上げて差し上げます」

「そ、そうか。そうなるといいのだが——」

「優樹様もきっと目を奪《うば》われることでしょう。たくさん褒《ほ》めてくださいますよ。あの方は案外《あんがい》素直なお人柄《ひとがら》ですから」

「…………」

世界は口をつぐんだ。

ぼんやりした明かりしかない部屋の中でもわかるほど、その頬《ほお》が赤い。

「なあおチヨ」

「はい」

「正直なことを言っていいだろうか」

「なんなりと」

「わたしはな、うれしかったのだ」

　しみじみと世界は言った。

　手のひらからこぼれる砂の一粒《つぶ》一粒を愛《いと》おしむように。

「本当にうれしかったのだ。優樹から結婚を望まれて。とてもとてもうれしかったのだ」

「はい。ようございました」

「あまりにもいきなりすぎて、わたしは逃《に》げ出してしまったが」

「仕方《しかた》のないことです。あの方はそういうところがありますから。素直なだけに」

「まったくな。あの男は何を考えているのだろうな」

　と言って世界は笑う。

「妙《みょう》におせっかいで、何かと構《かま》ってくれて、事あるごとに気を掛けてくれて。わたしに新しい世界を見せてくれるのはいつだってあの男だった」

「はい。本当にそうでしたね」

「あの男のせいでわたしはずいぶんと変わってしまったよ。近ごろはいろんなことを考えるのだ。本当にいろいろ。庭《にわ》で咲《さ》いている花のこととか、窓から見える空のこととか。流れている雲《くも》のこととか、飛《と》んでいる鳥のこととか。これまで目にも留《と》めなかったもののことをたくさん考えるのだ。ちょっと前までは考えることそのものをやめていたのに」

雨が降ってきた。

ぽつぽつと屋根《やね》を鳴《な》らしていた水滴《すいてき》はたちまち土砂降《どしゃぶ》りになる。

雨水が雨樋《あまどい》を駆《か》け下り、吐瀉物《としゃぶつ》のような音を立てて地面を叩《たた》く。

「それとな、いろんなことを鮮《あざ》やかに感じるようになってきた。ウイスキーグラスの手触《ざわ》りだとか、葉巻《はまき》の煙《けむり》が鼻《はな》をくすぐる感覚《かんかく》だとか——当たり前だったものが、当たり前じゃないように感じるのだ」

薄明かりが揺《ゆ》らめく。

おチヨは静かに「ようございました」と応《こた》える。

「夢《ゆめ》のようだ。毎日が。わたしがこんな毎日を送れるなんてなあ。変われば変わるものなのだなあ」

はふう、と吐息《といき》をついて。

まさしく夢見心地《ゆめみごこち》の瞳《ひとみ》で、世界はつぶやきを漏《も》らす。

「生きてるって、こういうことなのだな」

用意が整《ととの》った。

部屋を出る。

おチヨに先導《せんどう》されて暗い廊下《ろうか》をゆく。

しばし沈黙《ちんもく》が降《お》りる。

「なあおチヨ」

沈黙を破って世界が口を開く。

「もしも、もしもわたしが結婚したら――」

「できませんよ」

断言した。

迷いなく、淀みなく。

まるで予言のように。

否。あらかじめ定められた運命であるかのように。

「うむ。そうだな」

世界は笑った。

「詮無《せんな》いことを言った。忘《わす》れてくれ」

ふたりは屋敷の地下に降りた。

そこにはひときわいかめしく、訪れる者を見下ろすような大扉が居座っている。

死を幾度《いくど》となく、星の数よりも多く呑《の》み込んできた、貪欲《どんよく》な坩堝《るつぼ》。

苦痛《くつう》と引き替えに世の理《ことわり》を永らえさせてきた、悪夢《あくむ》の混沌《こんとん》。

神鳴沢世界の〝職場《しょくば》〟である。

「では。本日もよろしくお願い致《いた》します」

おチヨが深々《ふかぶか》と一礼《いちれい》する。

世界は「うむ」とちいさくうなずく。

扉の前でそのまましばし。重苦しい時間が流れる。

「どうされました？」

ちらりと視線だけ上げて、メイドは主の様子《ようす》をうかがう。

「……はは」

渇《かわ》いた笑いが地下に響《ひび》いた。

背中《せなか》を向けたまま神鳴沢世界は弱々しく笑っている。

「すまぬ。動けないのだ。足が震《ふる》えて」

「…………」

「ひさしぶりだなこんなのは。何年ぶりだろう……十年か百年か。忘れてしまったな。もうすっかり」

「…………」

「生きているという実感が湧《わ》いたら、急に何もかもが怖《こわ》くなってしまったのだ。ふふ、おかしなものだな」

「……我が主を」

おチヨが口を開く。

その声は彼女にしてはめずらしく、苦《くる》しみに満ちている。

「誑《たぶら》かしてしまったのでしょうかわたしは。わたしが我が主に、外の世界を見ることをおすすめしたばかりに」

「それはちがう。わたしは貴殿に感謝しているのだ」

世界は首をふって、

「ずっとわたしは何も知らないままだった。何もかも忘れたまま、ただただ自分の務《つと》めを果《は》たしてきた。祭《まつ》り上げられるようないいものではない。からくり仕掛《じか》けの人形と大して変わらない存在《そんざい》で、それを変えるきっかけを貴殿は作ってくれ――」

げほっ、と。

苦しげな音が響《ひび》く。

世界の口から漏《も》れたものだった。

そして口からこぼれたのは音だけではなかった。

「…………っ」

口元を手で押さえ、背中を丸める世界。

ぽたりぽたりとこぼれていた赤いものは、すぐにひとすじの流れとなり、広く広く床《ゆか》に染《し》みを作る。

「我が主……！」

「よい」

駆け寄ろうとしたメイドを空いた手で抑《おさ》え、ごくりと喉《のど》を鳴《な》らして血を飲《の》み込む。

何度かそうしてから「ふう」と息《いき》をつく。

それから胸元《むなもと》に目をやり、後ろを振り返って、

「すまぬ。せっかくあつらえてくれた服《ふく》を汚《けが》してしまった」

と笑った。

「………っ」

おチヨの顔が歪《ゆが》む。

そうして何かを逡巡《しゅんじゅん》するように視線をゆらしていた彼女は。

やがて意を決したようにこう言った。

「ようございます。すべてお捨《す》てなさいませ」

「おチヨ……？」

「すべてを捨ててお逃げなさい。我が主がお望みならわたしはお止めいたしません。いえむしろ全力でお手伝《てつだ》いさせていただきます」

「貴殿は何を言って――」

「捨てておしまいなさい。貴女《あなた》はもう十分に、いえ十分すぎるほど務めを果たしてくださいました。貴女がひとりでこの世の理を護り、世界の形を保ち続けてくださいました。誰が文句をつけることがありましょう？　もうお好きなようになさっていいのです貴女は」

「…………」

「貴女が首を縦《たて》に振ってくださるのなら。わたしは命をなげうってお手伝いいたします。どうぞご決断《けつだん》を」

沈黙《ちんもく》がおりる。

ひどく重《おも》い、しかし長くはない沈黙だった。

すぐに世界は笑って言った。

「おチヨ。貴殿はやさしいな」

「……わたしが？」

「器用なようでいて不器用な貴殿のやさしさを、いつも感じているよ。いつだって貴殿はわたしのことを思ってくれている。これからもずっと貴殿はわたしに仕《つか》えてくれ」

「…………」

「クビにするなどとたまに言ったりするが、あれはうそだ」

「……やさしい、というのは――」

それは貴女のことだとおチヨは思う。

神鳴沢世界ほどやさしいひとは他にいない。

彼女は名前のとおりに、文字どおりに、世界を救ってきた。それもたったひとりで、泣き言のひとつも漏らさず、想像を絶する苦しみを一身に受けて。

どうか、どうか――とおチヨは願う。

どうか我が主よ。そんなやさしい言葉をわたしにかけないでください。

貴女にやさしくされるたび、わたしは自分の無力さに、何もできない無能《むのう》さに、打ちひしがれるのです。

あまりにも長きにわたって貴女を見守り続け、わたしの心はすっかり枯《か》れ果てました。

枯れ果てて、やっと楽になれたのに。

なのに貴女にやさしくされると、枯れたはずの心が痛むのです。

だから我が主よ。

どうかわたしに、ひとの心を取り戻《もど》させないでください。

「────」

千の言葉を飲み込み、おチヨはひとつ吐息《といき》する。

そして次の瞬間《しゅんかん》にはもう、いつもの彼女に戻っていた。

深々と頭を下げて、

「出過《す》ぎたことを申しました。お許しください」

「気にすることはない」

世界は鷹揚《おうよう》に首を振って、

「むしろ助かった。さすがはおチヨだ」

「…………？」

「ほら。震えが止まった」

ぎぎぎぎ、と。

音を立てて扉がひらく。

その扉が重々しく開いたさらなる奥に。テニスぐらいはフルコートでやれそうな、殺風景《さっぷうけい》で何もない空間が広がっている。

「やらなければいけないことがある。それはわたしにしかできない。だったら答えはひとつだ。そうだろうおチヨ？」

「…………」

間を置いたのは一瞬《いっしゅん》。

神と共に生きるメイドの顔には、己《おのれ》の務めを果たす意思のみがある。

「左様《さよう》でございます我が主。本日もよろしくお願い致します」

「うむ」

メイドに見送られ、世界は一歩を踏み出す。

闇が少女を呑《の》み、扉がぎぎぎぎと音を立てて閉じていく。

世界が死ぬまであと半年。

あとがき

鈴木大輔《すずきだいすけ》です。『文句《もんく》の付《つ》けようがないラブコメ』の二巻《にかん》をお届《とど》けします。

†

一巻があああいう終《お》わり方《かた》をした本作ですが、二巻はこういう形になりました。読んだ方はわかると思いますが、前後編《へん》です。次《つぎ》の三巻で今回の〝ゲーム〟は完結《かんけつ》する予定《よてい》です。

とはいえ、優樹《ゆうき》と世界《せかい》の戦《たたか》いはまだ始《はじ》まったばかり——今後ともぜひ続《つづ》きを見守《まも》っていただければ。

またWEBコミックサイト『となりのヤングジャンプ』にて、イラスト担当《たんとう》の肋兵器《あばらへいき》さんの手によるコミカライズが連載《れんさい》中です。

こちらは鈴木による書き下《お》ろし脚本《きゃくほん》を元にしており、原作とは一風《いっぷう》変わったテイストの作品に仕上がっています。併《あわ》せて一読いただければ幸いです。

†

ちなみに作中において、神鳴沢《かなるざわ》世界はいろんなお酒《さけ》を集め、飲《の》んでいますが。今のところ銘《めい》柄《がら》が明示《めいじ》されているのは一本だけ。スコッチウイスキーのグレンアルビンです。

こちらの蒸留所《じょうりゅうじょ》は閉鎖《へいさ》されて三十年が経《た》ち、もはや新たなボトルがリリースされることはほとんどありません。もしどこかのバーでこのレアなウイスキーを見つけたなら、その時はぜひオーダーしてみてください。神鳴沢世界の気分が味《あじ》わえるかもしれません。

そしてその際《さい》はぜひ作者《さくしゃ》に報告《ほうこく》してください。よろしければボトルの写真《しゃしん》付《つ》きで。

†

取り急《いそ》ぎあとがきでした。

三巻でまたお会いしましょう。

一月吉日　鈴木大輔

こんにちは 肋兵器と申します。
2巻目となりました。
しかし今回はあれですね、とてもニヤニヤしました。
ニヤニヤしながらこのシーンを描くとしたらこんなんかな
あんなんかなと妄想しながら読み進めていました。
挿絵になった部分以外にも描いてみたいシーンはたくさん
あったのですが… 残念
機会があれば描きたいものです。
あと個人的にはくるみちゃんもっと描きたいけな
とか思っていたりします！
ではでは
肋兵器
ふふふふふふ

News flash!
特報!

WEBコミックサイト “となりのヤングジャンプ”にて、

漫画版「文句の付けようがないラブコメ」

【原作】鈴木大輔
【漫画】肋兵器

大好評連載中!!!

毎月第1、第3金曜日更新!

★原作小説著者・**鈴木大輔みずから**漫画用脚本**書き下ろし**!
★イラスト担当・**肋兵器みずから**漫画執筆!
★原作小説とは**一味違った**読み味!

http://tonarinoyj.jp/ となりのヤングジャンプ

次ページより、ここでしか見られない漫画版第2話の

ネームを特別公開!!

”となりのヤングジャンプ”掲載の完成原稿と読み比べて楽しんでください!!

前回までのあらすじ

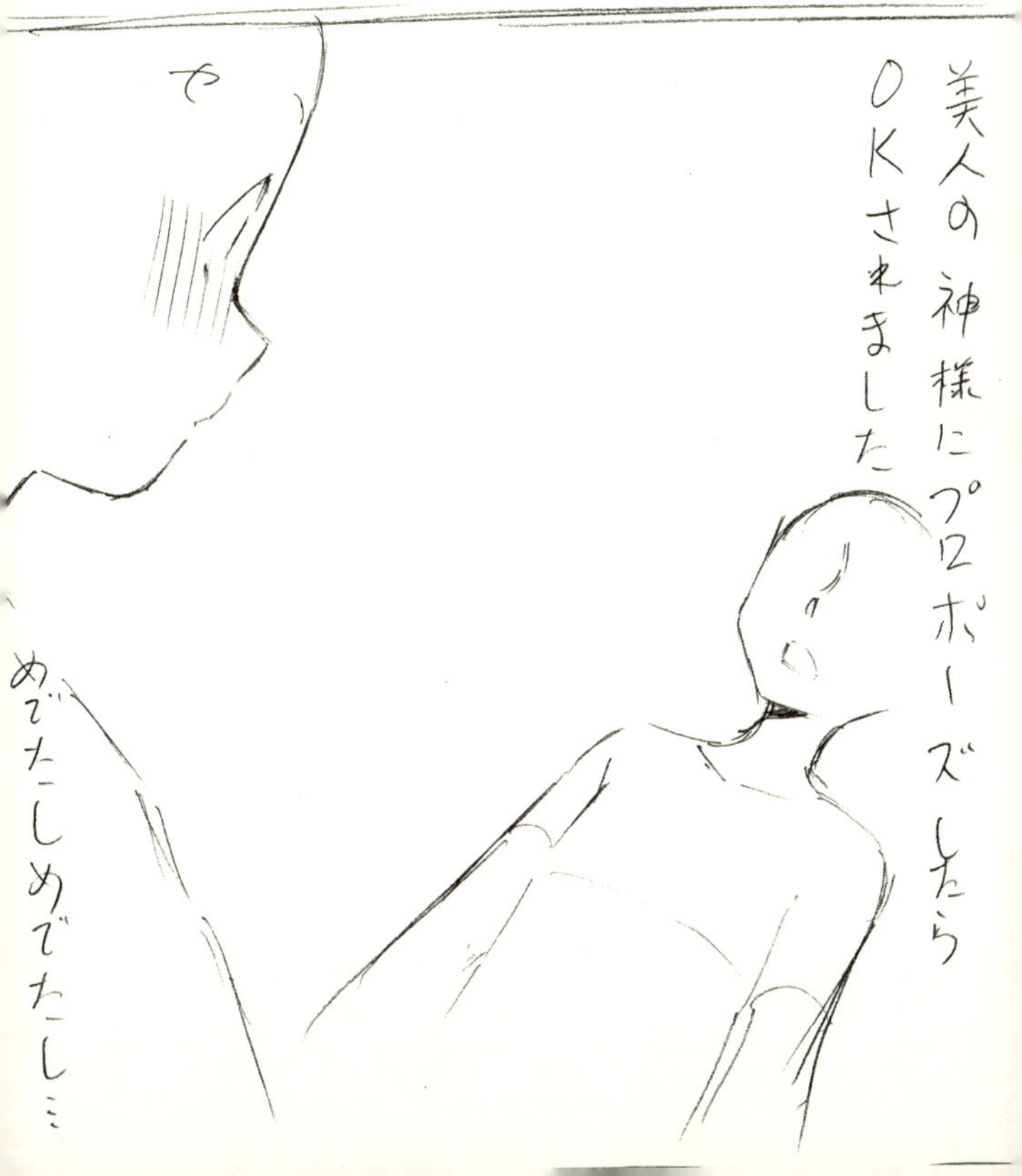
美人の神様にプロポーズしたら
OKされました
や
めでたしめでたし

あ
あ〜〜って
え……って
この世界には
神様が
ひとりいて
その……
そいつが世界を
守っている
らしい
あー……

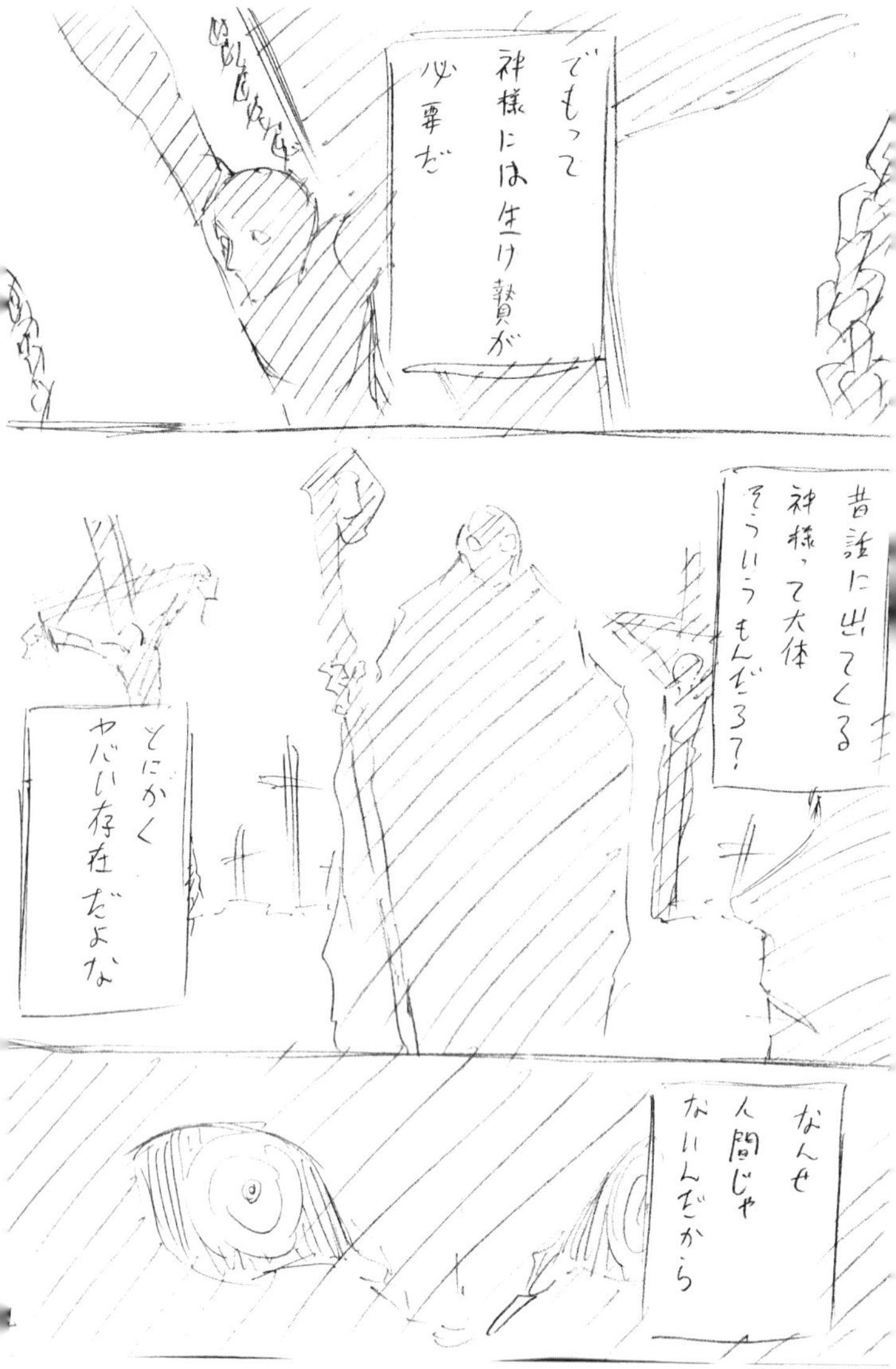

でもって神様には生け贄が必要だ
昔話に出てくる神様って大体そういうもんだろ?
とにかくヤバい存在だよな
なんせ人間じゃないんだから

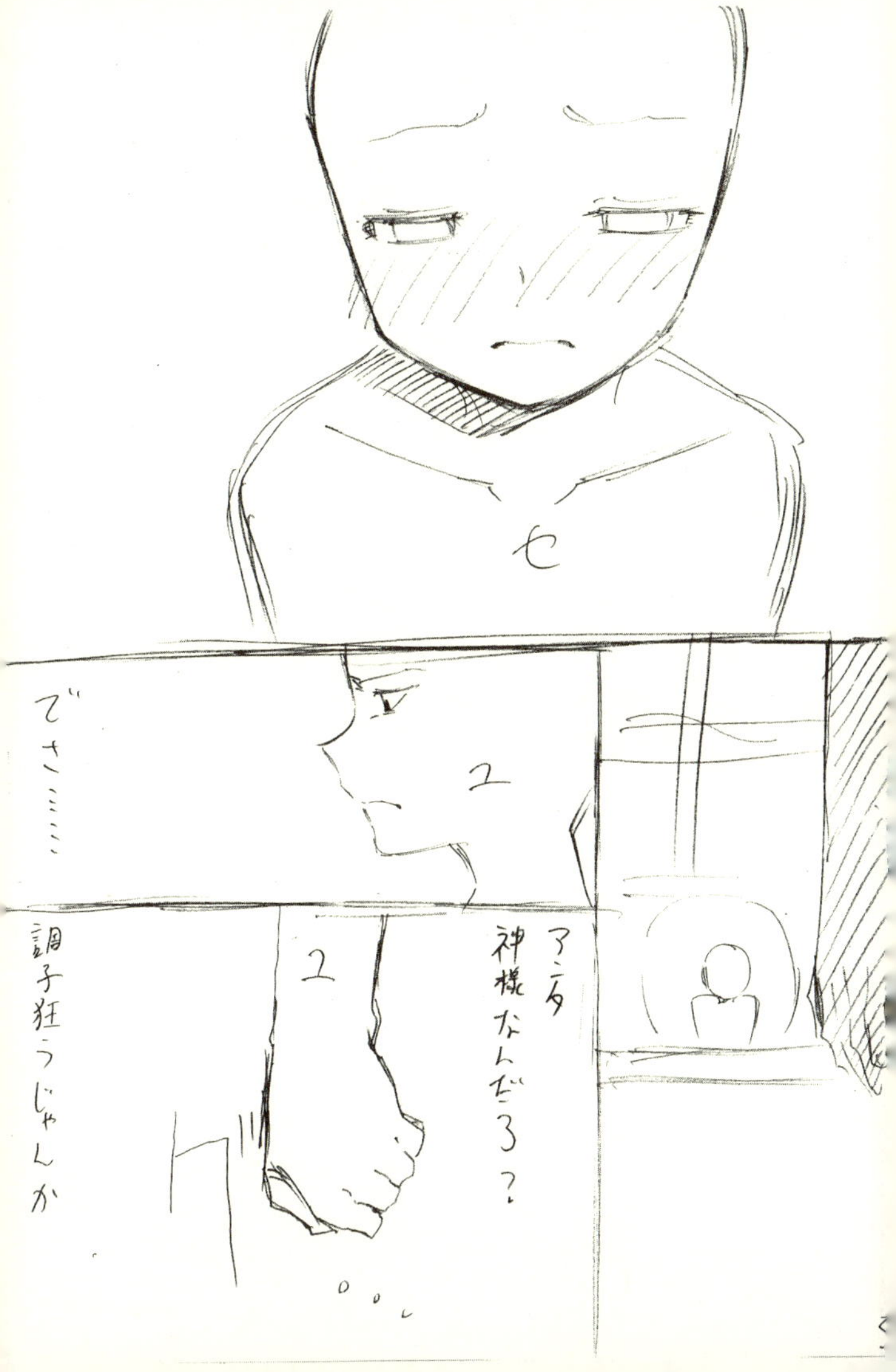

セ
ユ
でさ……
アンタ神様なんだろ？
ユ
調子狂うじゃんか

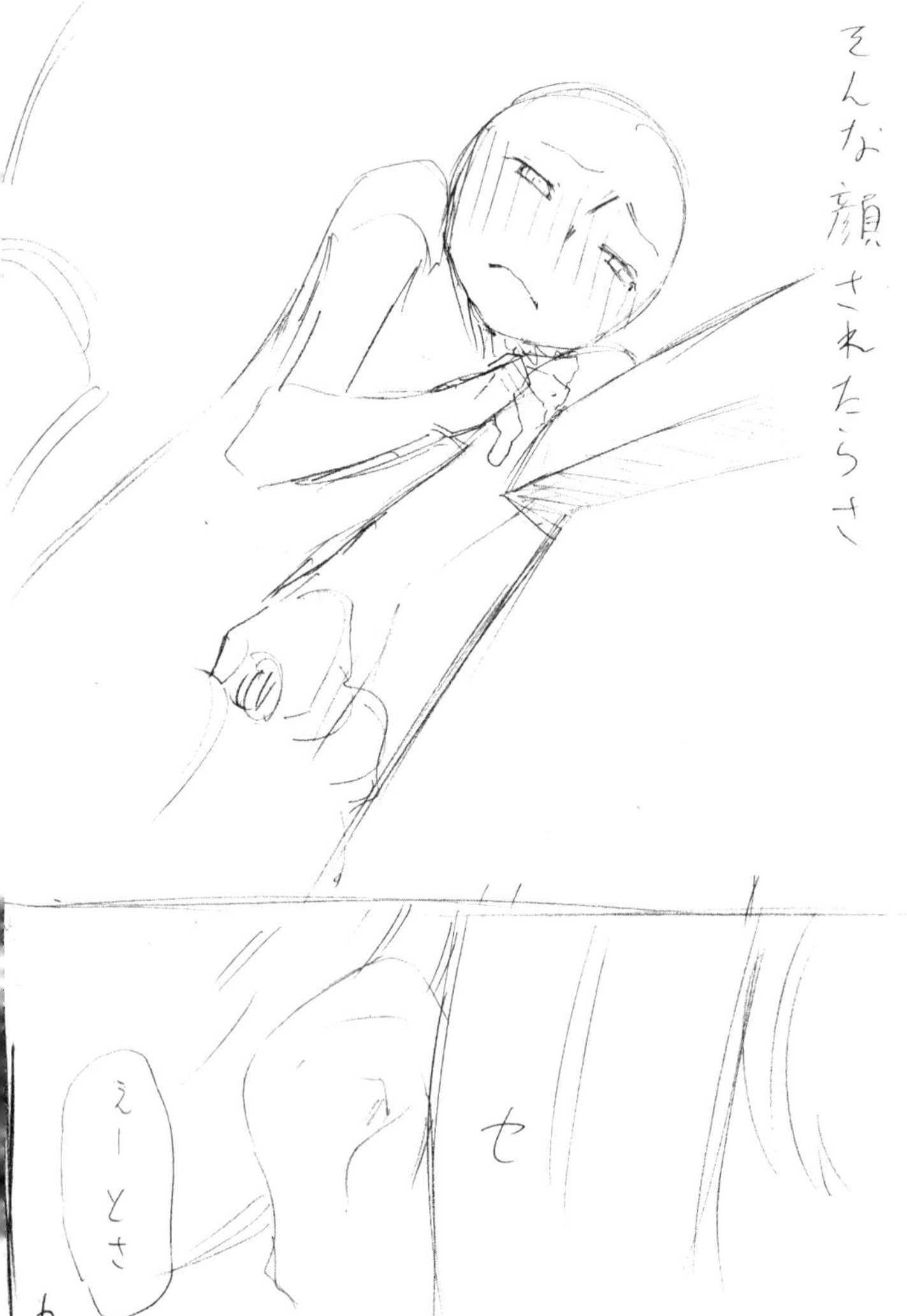
そんな顔されたらさ
えーとさ
セ

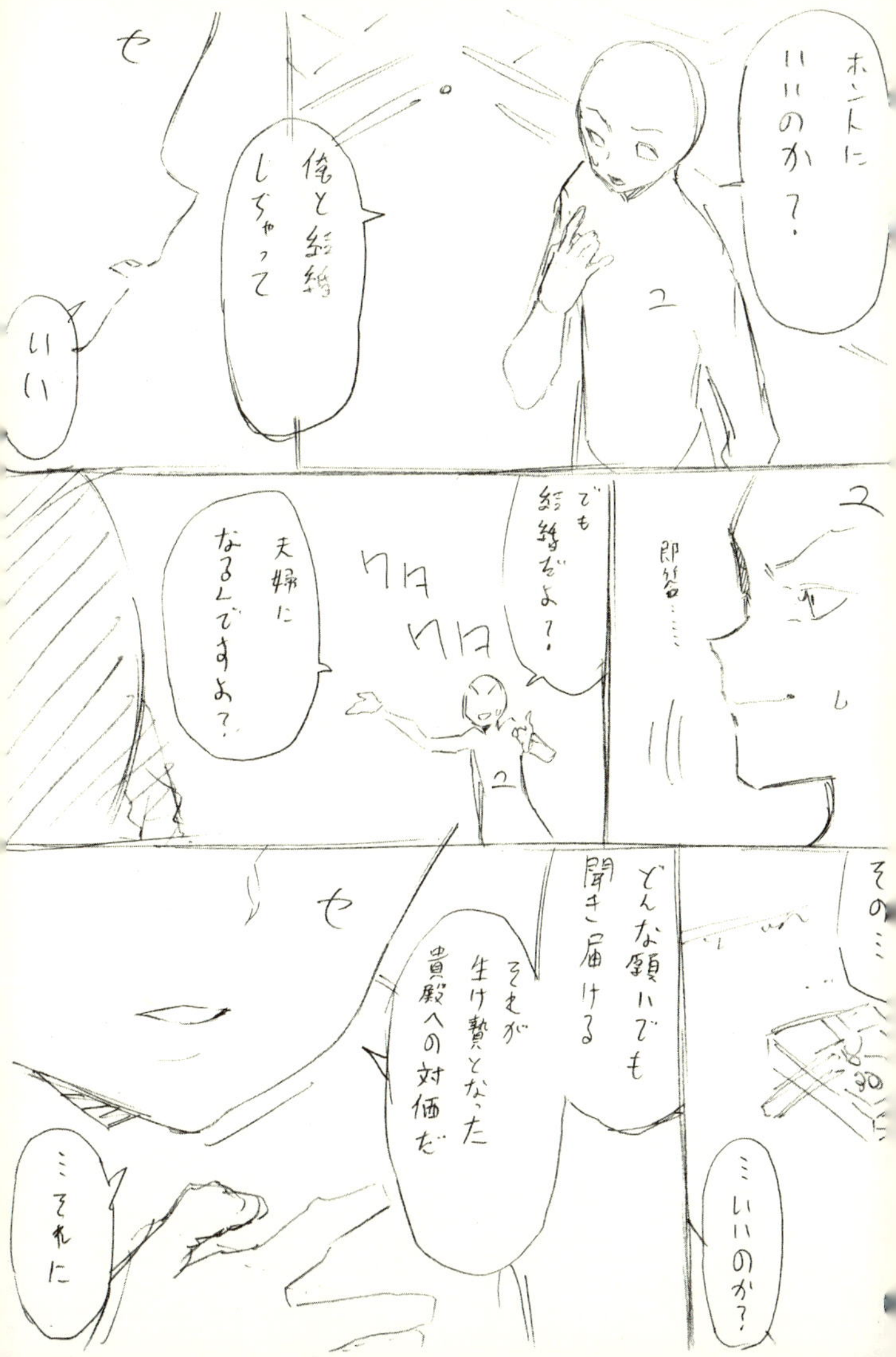
ホントにいいのか？
俺と結婚しちゃって
いい
即答……
でも結婚ですよ？
ワハワハ
夫婦になるんですよ？
その…
…いいのか？
どんな願いでも聞き届ける
それが生け贄となった貴殿への対価だ
…それに

そんなに嫌じゃ……
ない
貴殿なら

いい
あ…、いや……

うん…
えーと
…じゃあ
よろしくお願いし
!

えーと…
というかその布はどこから？
いやいやちょっとー!?

どうすんだよ
これ…
おーい
神様ー？
神鳴沢セカイさーん？

この作品の感想をお寄せください。

あて先　〒101-8050　東京都千代田区一ツ橋2-5-10
集英社　ダッシュエックス文庫編集部　気付
鈴木大輔先生　肋兵器先生

相思相愛。
幸せそうな
優樹と世界。

しかし、残された時間は・・・。

学園編は後篇へ――。

再構築された世界《せかい》でも惹かれ合ったふたり。
世界《セカイ》は次第に学校にも溶け込んでゆき、
彼らは幸福を掴んだかに見えたのだが。
世界《セカイ》と世界《せかい》の秘密は暴かれ、
優樹は決断を迫られることになる。
愛の喜劇《ラブコメディ》の結末は、果たしていかに――

「文句の付けようがないラブコメ」3巻
COMING SOON!!

ダッシュエックス文庫

文句の付けようがないラブコメ 2

鈴木大輔

2015年2月28日　第1刷発行
2017年7月18日　第7刷発行

★定価はカバーに表示してあります

発行者　鈴木晴彦
発行所　株式会社　集英社
〒101−8050　東京都千代田区一ツ橋2−5−10
03(3230)6229(編集)
03(3230)6393(販売／書店専用)03(3230)6080(読者係)
印刷所　図書印刷株式会社

ISBN978-4-08-631028-4 C0193